KB166038

용왕이 하는 일! 8
ryuoh no oshigoto!

일러스트 시라비
감수 샤이유키
시라토리 시로

© shirabii

교토 사가노에서

「사부님, 이번에는 같이 찍어요.」

「나……

……초등학생 사진만 잔뜩 찍는걸……」

산성앵화
쿠구이 마치

여류옥장
츠키요미자카 료

산성앵화전
개막

목 차

용왕이 하는 일! 8

ryuoh no oshigoto!

시라토리 시로

일러스트 🪦 **시라비**

감수 🪦 **사이유키**

용왕이 하는 일! 8

ryuoh no oshigoto!

등장인물 소개

쿠즈류 야이치

용왕. 초등학생 때 처음으로
교토에 갔을 때, 목도를 구입해서
집에 갔더니 사저에게 빼앗겼을
뿐만 아니라 호되게 혼났다.

히나츠루 아이

야이치의 첫 번째 제자.
곧 초등학교 5학년이 된다.
야츠하시(교토의 전통과자)는 떡만
인터넷으로 구매한 후, 좋아하는
속을 넣는 걸 좋아한다.

쿠구이 마치

『산성앵화(야마시로 오카)』 타이틀을
보유한 칸사이 소속 여류 기사. 현역
여대생. 기사실에 가져오는 간식거리로는
아자리모치(팥을 넣어서 만든 전통과자)를
선호한다.

츠키요미자카 료

『여류옥좌』 타이틀을 보유한 칸토 소속 여류
기사. 최근 유행하는 레몬 풍미 아츠하시를
먹고 완전히 반했다. 열 상자나 사서 돌아갔다.

오가 사사리

여류기사 출신 장기연맹 직원.
회장 비서. 회장의 간식으로 직접 만든
과자를 준비해, 우선 입부터 공략하려
획책 중이다.

츠키미츠 세이이치

장기연맹 회장. 현역 프로 기사이자
영세명인 자격 보유자. 비서가 만든 과자를
너무 많이 먹어 체중이 늘어난 것이 고민거리.

오오하시 소케이 명인배 산성앵화전

개요

교토시 출신 오오하시 소케이(大指宗佳) 초대 명인을 기리기 위해 1993년에 창설된 일본 장기연맹 공식 여류 타이틀전. 여류 기사 전원, 그리고 아마추어 여성 두 명이 참가한다. 산성앵화 타이틀 보유자가 도전자 결정전 토너먼트의 우승자와 삼번승부 [三番勝負 : 3전 2선승제]로 붙어서 승자가 산성앵화 타이틀을 획득한다.

삼번승부

제1국 도쿄 장기회관

제2국 교토 텐류지 오오호죠

제3국 교토 시죠카와라

※제3국은 제2국 종료시 1승 1패일 경우 개최.

《자전기(自戰記)》

나는 처음부터 동굴곰(穴熊)을 채용하기로 마음먹었다.

이 타이틀전이 시작되기 전부터, 쭉 갈고닦았던 이 전법으로 승부를 내자고 결심했다.

마음속에는 한 점의 불안이나 걱정도 존재하지 않았다.

나는 초등학교 5학년 때부터, 동굴곰 전법을 연구했다.

견고함이 중시되는 현대 장기에서(최근 프로 중에서는 밸런스를 중시하는 싸기(囲い)가 유행하고 있지만) 동굴곰은 싸기가 완성된 시점에 '한판 땄다'는 느낌이 든다. 그래서 동굴곰을 이용한 전법을 연구한 것이기도 했다.

하지만 가장 큰 이유는 바로 내가 동굴곰이라는 싸기 전법, 그리고 동굴곰을 두는 장기 기사를 동경하고 있다는 점이다.

그리고 무엇보다, 이 싸기는 아름답다고 생각한다.

마치 쥬니히토에[十二単 : 중세 일본 귀족 여성의 고급 의상. 여러 겹을 입는다.]처럼, 옥(玉) 주위를 수많은 장기말로 정성들여 감싼다.

장기판 구석에 정방형으로 딱 만들어진 그 모양은 장기의 국면 중에서도 지극히 귀하다.

나는 그 모양을 아름답다고 느낀다.

미노 싸기(美濃囲い)의 효율적인 형태에서는 하늘의 뜻 같은 것이 느껴진다.

망루(矢倉)의 풍부한 바리에이션은 마치 쇼윈도를 치장하는 수많은 옷 중에서 마음에 드는 것을 고르는 듯한 즐거움이 있다.

하지만 그 무엇도 동굴곰의 아름다움은 이기지 못한다.

몇 번이든 말할 수 있다.

나는 동굴곰을 좋아한다.

그래서 나는 결코 잊지 않을 것이며, 그 어떤 결과를 맞이해도 절대 부정하지 않을 것이다.

9이향을 둔 순간, 느꼈던 가슴의 두근거림을……

산성앵화전 1

© shirabii

"*그래. 교토에 가자."

벚꽃이 피는 계절, 나는 그런 말을 입에 담았다.

제자와 함께 고난도 장기 묘수풀이(詰將棋)를 풀던 나는 문득 그런 생각이 들었다.

"교토……요?"

나와 어깨를 맞댄 채 장기 묘수풀이 문제를 보던 히나츠루 아이가 어리둥절한 표정을 지으며 나를 쳐다보았다. 활짝 열린 창문을 통해, 이 다다미방에 따뜻한 봄바람이 불어 들어오고 있었다.

"응, 교토 말이야. 아직 봄 방학이 끝나려면 멀었지?"

"일주일 정도 남았기는 한데요……."

아이는 올봄에 초등학교 5학년이 되며, 현재 봄 방학 중이다.

스승과 다르게 학교에서도 꽤 우등생인 듯한 이 제자는 봄 방학 숙제를 일찌감치 끝냈고, 지금은 장기 공부를 하거나 여초연 아이들과 놀러 다니면서 4학년 마지막 방학을 만끽 중이다.

그리고 장기계 또한 학교와 마찬가지로 4월부터 연도가 바뀌기 때문에 타이틀전에 나서는 장기 기사 말고는 장기휴가를 맞이한 것이나 다름없는 기간에 돌입했다.

길고 괴로운 순위전도 끝났다.

게다가 나는 C급 1조로 승급했으며, 용왕 타이틀도 지켰다.

---

* 1993년부터 시작된. 토카이도 여객철도(통칭 JR토카이도)의 광고에 나오는 교토 관광 선전 캐치프레이즈.

작년은 두 제자와의 만남을 비롯해, 정말 격동의 한 해였다.

새로운 싸움의 나날을 맞이하기 위해 마음을 리셋할 필요가 있을 것이다. 제자의 봄 방학에 맞춰 여행을 다녀오는 것도 나쁘지 않을 것이다.

거기까지 생각이 미친 나는 문득 질문을 던졌다.

"아이는 교토에 가 본 적 있어?"

"으음…… 기억은 안 나는데, 가 본 것 같아요. 일본에 있는 유명한 관광지에는 대부분 가 봤을 테니까요."

"역시 유명 여관의 후계자답네."

"그, 그래도요! 진짜로 기억이 안 나요! 사부님과 함께 교토에 가 보고 싶어요!!"

아이는 그렇게 좋아하는 장기 묘수풀이를 옆으로 밀쳐내더니, "교~토~! 교~토~!" 하고 어리광을 부리기 시작했다.

귀여워♡

"*키요즈미데라(清水寺)에도 가 보고 싶어요! 카모가와(鴨川)에도 가 보고 싶고, 으음, 그리고…… 혼노지(本能寺)! 저, 혼노지를 보고 싶어요!!"

"그렇구나."

나는 강아지처럼 흥분한 제자를 달래듯 입을 열었다.

"하지만 이번에 가 볼 곳은 정해져 있어."

"예? 어디……인가요~?"

* 키요미즈데라. 절벽 위에 지어진 무대형 건축물로 유명한 교토의 유명 관광지.
* 카모가와 : 교토시내를 흐르는 강. 부지는 산책로와 공원으로도 이용된다.
* 혼노지 : 교토에 있는 절. 일본 전국시대의 유명 인물 오다 노부나가가 죽은 절을 이전한 곳.

"우선, 아라시야마(嵐山)야."

나는 교토…… 아니, 일본에서도 손꼽히는 관광지의 이름을 입에 올렸다.

"아라시야마에 있는 『텐류지(天龍寺)』라는 절에 갈 거야."

"텐류지?"

아이는 처음 들어보는지, 그녀의 커다란 눈동자에 ?가 떠올라 있었다.

교토에는 절이 어마어마하게 많으니 모르는 것도 당연했다. 꽤 유명한 절이니까 사진으로 보면 바로 알아볼지도 모르지만.

"거기에 볼일이 있으세요?"

"『산성앵화(山城桜花)』의 타이틀전이 치러져."

"아……!"

6개 여류 타이틀 중 하나이자, 유일하게 꽃의 이름을 지닌 정취 넘치는 타이틀이다.

그 타이틀 보유자와 도전자는 나의 가장 오래된 장기 동료이기도 하다.

"기본적으로 실내 생활자인 프로 기사가 밖으로 나갈 일이라면 장기 관련 일밖에 없잖아. 데이트할 상대도 없거든."

"…………"

"응? 내가 뭐 이상한 소리라도 했어?"

"아무것도 아니에요."

곧 초등학교 고학년이 되기 때문일까? 아이는 감정이 느껴지지 않는 어른스러운 표정을 지었다.

"저는 여류 타이틀전을 현지에서 보는 건 처음이니까, 분명 엄청 공부가 될 거예요. 후학을 위해 꼭 현지에 가 보고 싶어요."

"물론 공부가 되기는 할 거야."

왠지 갑자기 어려운 말을 쓰기 시작한 제자 때문에 동요한 가운데, 나는 교토에 가는 이유를 설명했다.

"산성앵화전은 특수하거든. 관전하는 것 자체도 순수하게 재미있을 거야."

"특수……?"

"우선 삼번승부[3선 2선승제]라는 점이야. 프로와 여류의 모든 타이틀전을 합쳐도, 삼번승부로 치르는 타이틀전은 산성앵화전과 여류옥장전뿐이야."

신인전 같은 일반 기전도 포함하면 좀 더 늘어나지만, 삼번승부는 연승을 하면 바로 끝나기 때문에 프로 기사 타이틀전에는 존재하지 않는다. 그리고 보니 용왕전의 도전자 결정전 또한 삼번승부다.

"그리고 제2국과 제3국을 이틀 연속으로 치러."

"공식전을 이틀 연속으로 두는 것도 피곤한데…… 타이틀전을 그렇게 둔다면 엄청 힘들 것 같아요!"

결판을 낼 때까지 매우 스피디하게 진행되며, 게다가 제2국 결과를 질질 끌지 않는 강인한 정신력이 필요하다. 물론 육체적으로도 가혹하다.

"게다가 제2국 이후는 교토의 명소에서 공개 대국을 둔다는 게 다른 타이틀전에서는 볼 수 없는 가장 큰 특징이야."

"공개? 사람들 앞에서 대국을 하는 건가요?"

"그래. 아이도 마이나비 여자 오픈의 일제예선에서 경험했겠지만, 그걸 더 대대적으로 한다고 생각하면 돼."

마이나비의 일제예선은 여러 대국이 일제히 열린다.

하지만 산성앵화전은 단 하나의 대국을, 두 대국자가 곱게 차려입은 상태에서, 수많은 사람의 눈길을 받게 되는 장소에서 치른다.

안 그래도 교토는 외국인 관광객이 많은 장소다. 주목도가 상상을 초월하는 것이다.

사진도 엄청 찍어대며, 남들의 이야기 소리도 들린다.

그런 주위 상황에 적응도 필요하기 때문에, 앵화전은 적성이 있는 이와 없는 이가 확연하게 갈리는 것이다.

"그런데…… 왜 그런 상황에서 장기를 두는 건가요?"

"앵화 타이틀은 교토시에서 주관하거든. 일본의 전통 문화인 장기와 교토의 콜라보레이션이자, 타이틀전을 관광 재료로 이용하는 거야."

"그렇군요~!"

아이는 전통여관 주인 내외의 딸이라서 그런지, '관광'이라는 단어에 민감했다.

"확실히 대국은 긴 시간 동안 거의 움직이지도 않으면서 두니까, 관광객 여러분이 사진을 찍기 딱 좋을 것 같아요!"

"맞아. 스포츠 같은 이벤트로 여기기에 약간 아쉬운 부분이, 경치나 전시품 같은 것으로 여긴다면 오히려 플러스 요소가 되는 거지."

장기 대국은 외국인이 본다면 전통 예능이나 현대 예술처럼 비칠지도 모른다.

"제1국은 도쿄에서 두지만, 그때도 교토시 여러분은 교토 선전 활동을 해. 철저하게 '쇼'로 특화된, 매우 희귀한 타이틀전이야."

"재미있을 것 같아요!"

아이는 이미 산성앵화전에 푹 빠져 있었다.

나는 충전 중인 스마트폰으로 시간을 확인했다.

"지금 바로 출발하면 점심 전에 교토에 도착할 수 있겠는걸……. 좋아! 40초 안에 준비를 마치자!!"

"사부님~! 빨리 교토에 가요!"

그렇게, 우리는 봄의 교토로 여행을 떠났다.

○

"도착했어요~!"

"순식간에 왔네."

순환선(環狀線)을 타고 후쿠시마에서 오사카역으로 간 후, 거기서 쾌속 열차를 타고 교토까지 오는 데 겨우 30분밖에 걸리지 않았다.

천년고도는 의외로 가깝다.

"자, 이제부터 또 이동해야겠는걸."

"또 전차를 타야 해요?"

"그게 말이지⋯⋯."

아직 시간에는 여유가 있다.

가장 빠른 이동수단은 아니지만, 히나츠루 아이를 태워주고 싶은 전철이 있다.

"기왕이면 『란덴(嵐電)』을 타고 가자."

"란덴~?"

"케이후쿠 전기철도 아라시야마 본선. 통칭 『란덴』. 재미있는 전철이야."

나는 제자의 손을 잡고 교토를 걸었다.

따뜻한 봄 햇살.

최근 며칠 동안 따뜻한 날씨가 계속되면서 벚꽃이 흐드러지게 피었다. 바람을 타고 날아온 핑크색 꽃잎이 아이의 머리에 붙었다.

"완전 봄이네요~."

봄바람이 준 선물을 손바닥 위에 살며시 올린 아이는 벚꽃 빛깔 입술로 숨을 내쉬고 꽃잎을 다시 하늘로 돌려보냈다.

나는 흩날리는 꽃잎을 올려다보면서 말했다.

"도쿄는 아직 춥다지만 말이야."

"호쿠리쿠도 춥다고 아빠 엄마 그랬어요!"

본가가 있는 이시카와현의 추위를 상상한 것일까.

아이는 내 팔을 꼭 끌어안더니, 자신의 몸을 밀착시켰다.

"올해는 커다란 한랭전선이 일본 동쪽 지역에 눌러앉아서, 벚꽃전선이 북상하지 않는다고 TV에서 나왔어요!"

"산성앵화전이 벚꽃 피는 계절에 개최되어서 다행이야. ……
타이틀에 『벚꽃』이 들어가 있으니까 말이지."

걷다가 그대로 잠드는 게 아닌가 싶을 정도로 따뜻했다.

"이렇게 날씨가 좋을 줄 알았으면……."

나는 약간 후회하며 중얼거렸다.

"역시 아이(天衣)도 같이 가자고 할 걸 그랬어……."

내 두 번째 제자인 야샤진 아이는 마이나비 여자 오픈이라는 여
류 타이틀전에서 도전자 결정전까지 올라갔다.

그리고 그 도전자 결정전의 상대는 오늘, 산성앵화의 타이틀
보유자로서 대국에 임한다.

그런 대국을 일부러 관전하러 가는 것은 좀 찝찝했다.

그래서 말도 꺼내지 않았다. 아마 말을 꺼냈어도 거절당했을
것이다.

하지만…… 겨우 셋밖에 안 되는 일문인 만큼, 함께 같은 경치
와 공기를 공유하고 싶다는 기분이 들었다.

고독한 그 소녀에게, 봄을 보여주고 싶은 것이다…….

그런 내 마음을 눈치챈 것은 아니겠지만, 아이가 이렇게 말했
다.

"내년에도 또 와요! 그때는 텐짱도 같이요!"

"……응. 고마워, 아이."

나는 마음씨 착한 제자를 둬서 정말 기뻤다. 제자로 삼기 잘했
다고, 다시 실감했다.

그러는 사이, 우리는 역에 도착했다.

역, 그리고 그곳에 있는 전철을 본 순간——.

"어! 와아아……!"

아이의 눈이 반짝거렸다.

전국을 뒤져도 흔치 않은 노면전차—— 도로 위를 달리는 전철인 것이다.

"어때? 재미있지?"

"예! 똘똘 전차네요!"

"윽?!"

그…… 그러고 보니, 노면전차를 그렇게 부르기도 하고, 실제로도 똘똘~ 하는 소리를 내며 달리지만…… 내지만……!

"와아! 사부님~ 엄청 똘똘거려요! 똘똘~!"

"……아이, 저기——."

"어~? 왜 그러세요?"

"아니, 그게…… 그게 말이지? 뭐랄까…… 좀, 저기…… 말을 골라서 해 주면 좋겠다고나 할까——."

"???"

아이는 수수께끼라도 푸는 것처럼 온몸으로 ?를 표현한 후…….

"……똘똘이?"

"아냐!!"

그 단어 뒤에 '이'를 붙이면 안 된다고!

그런 이야기를 하는 사이, 전차가 아라시야마에 도착했다.

"굉장해~! 여기가 바로 그 아라시야마군요!"

토게츠바시(渡月橋)라는 다리 위에서 아라시야마를 본 아이는 감격한 나머지 큰 소리로 외쳤다. "와후와후~"할 만큼 흥분한 상태였다.

이 다리 밑에서는 카츠라가와(桂川)라는 강이 흐르고 있다.

머나먼 옛날부터 수많은 형태로 사람들 입에 오른 경치다.

그렇다고 풍류만 느낄 수 있느냐면 꼭 그렇지도 않다.

역사적 건조물 옆에는 수많은 선물가게가 존재하며, 쉴 새 없이 몰려오는 관광버스와 셀카를 찍고 있는 관광객이 항상 눈에 들어왔다.

교토는 어디나 사람들로 붐비지만, 이곳은 차원이 다를 정도로 혼잡했다.

"이 근처는 관광객이 정말 많은걸……. 빨리 들어가자."

『아라시야마와 제자』 사진을 찍은 내가 그렇게 말하자, 아이는 웬일로 억지를 부렸다.

"저, 저기~! 여초연 친구들에게 줄 선물을 사고 싶어요!"

"돌아가는 길에 사자."

"으~!"

아이는 아쉬운 눈길로 선물가게를 쳐다보았다. 음, 귀여워라.

하지만 아이의 기분은 금세 풀렸다.

텐류지로 가는 길에도 선물가게가 잔뜩 있었기 때문이다.

토게츠바시 인근보다 관광객의 숫자가 확 줄었으며, 길도 넓기 때문에 천천히 걸을 수 있다.

"오늘은 따뜻하니까, 여기서 녹차 소프트크림이라도 사서 먹으며 걸을까?"

"녹차~♡"

교토하면 녹차다. 아이스크림, 소프트크림, 스무디에도 녹차가 들어간 메뉴가 있으며, 그런 것을 손에 들고 맛보면서 돌아다니는 것은 정말 즐겁다.

녹차 소프트크림을 맛있게 핥아 먹는 제자의 사진을 찍으면서 즐겁게 걷다 보니, 어느새 텐류지에 도착했다.

엄청 커다란 돌에 『텐류지』라고 새겨져 있기 때문에 바로 알아볼 수 있었다.

"절에서도 타이틀전을 치르네요! 저는 여관이나 호텔에서만 하는 줄 알았어요."

"넓은 다다미방만 있으면 장기를 둘 수 있거든. 절에서도 의외로 장기를 자주 둬."

그 대신, 숙박과 식사는 다른 장소에서 해야 하는 경우가 대부분이다.

불편하기는 하지만 그런 단점을 메우고도 남을 만큼 역사적 정취와 고요함을 얻을 수 있기 때문에 절에서 명승부가 펼쳐지는 경우가 많다.

"이 텐류지는 장기 타이틀전이 자주 열리는 장소야. 세계유산

중 하나이기도 하고, 옛날에는 경내에서 영화 촬영도 했대.”

“영화 촬영을요?”

“*우즈마사 영화촌이 근처에 있거든. 란덴의 정거장 중에도 ‘촬영소 앞’이라고 있었잖아?”

“그렇군요~!”

아이는 차례차례 밀려드는 교토의 매력에 완전히 빠져든 것 같았다. 완전히 교토에 매료됐다.

“사부님~ 빨리 들어가죠!”

“그 전에 사가노(嵯峨野)를 산책할까? 장기 관계자와 마주치면 관광할 여유가 없을 테니까 말이야.”

텐류지를 우회한 우리는 노노미야 신사(野宮神社)로 향했다.

“여기는 연애와 자식 복에 효험이 있다고 알려져 있어.”

“윽!!”

“경내에 있는 신석(神石)은 『거북이돌』이라고 불리는데, 만지면 그 해 안에 소원이 이뤄지는 엄청난 파워스팟이라더라고. 기왕에 왔으니 참배하고 갈까?”

“할래요!!!!!”

아이는 엄청 관심을 보였다.

역시 장기를 잘 두게 해달라는 소원을 빌려는 걸까. 나나 사저도 어릴 적에 이곳에서 그런 소원을 빌었다.

아이가 거북이돌을 정성껏 쓰다듬었다. 나는 그 사랑스러운 모

---

* 토에이 우즈마사 에이가무라(東映太秦映画村) : ‘영화마을’로도 알려진 교토의 관광명소. 우리나라로 치면 민속촌 같은 곳. 다른 이름은 토에이 교토 스튜디오 파크이며, 일본 시대극, 대하드라마 촬영 견학이 가능한 곳이다.

습을 사진에 담았다. 그리고 우리는 노노미야 신사를 나서서 산 쪽으로 향했다.

"우와~. 대나무가 엄청 많아요~."

"그래. 후후후……."

그것을 보면, 아이는 어떤 반응을 보일까?

언덕을 올라가자, 텐류지의 북문이 보였다. 그것을 지난 우리 는 언덕을 계속 올라갔다.

그리고── 눈앞에 나타난 길을 본 아이는 너무 놀란 나머지 걸음을 멈췄다.

"대나무로 만든 아치예요! 우……와아~!!"

정오가 가까워져서 햇살이 강해졌지만, 그 빛을 좌우의 대나무 가 막아줬다.

『대나무숲길』.

사가노의 최고 명소라고 해도 과언이 아닌 이 장소는 입장료도 필요 없다. 누구나 가벼운 마음으로 들어갈 수 있다. 이것이 교 토가 지닌 역사의 깊이일 것이다.

"여, 여기…… TV에서 본 적이 있어요!!"

아이는 매우 감동한 듯한 표정으로 하늘을 뒤덮은 대나무를 올 려다보았다.

"멋져요……. 공기도, 빛도, 전부 새파래요……."

"그렇지~? 교토에 왔다는 느낌이 물씬 든다니깐~."

이곳은 차 음료 CF 같은 데서 자주 나왔던 장소이기도 했다.

그래서 그런지 여기 또한 외국인 관광객으로 붐비고 있었으며,

다들 사진을 찍고 있기 때문에 사람들이 없는 장소를 확보하기 힘들었다. 그래도 어찌어찌 타이밍을 재서, 『대나무숲과 제자』 사진의 촬영에 성공했다. 꽤 괜찮은 사진을 찍었어!

그런데, 나…… 초등학생 사진만 잔뜩 찍는걸…….

아, 그래도 이건 제자의 성장기록이야.

나는 딱히 음흉한 감정을 품고 여자 초등학생의 사진을 찍고 있는 것이 아니다. 아이의 부모님으로부터도 딸의 건강하고 무탈한 사진을 보고 싶다는(특히 어머니로부터) 말을 들었다.

"사부님? 잘 찍혔나요?"

"으, 응. 완벽해."

"그럼 이번에는 같이 찍어요!"

아이는 근처에 걷고 있던 외국인 관광객에게 "포토 플리즈!" 하고 부탁하더니, 나와 투샷을 찍었다.

그 후, 외국인들이 『아가씨, 다음에는 우리와 같이 찍지 않을 래?』 하고 말하며 아이와 같이 사진을 찍고 싶어 했다. 아이가 일본 인형처럼 너무 귀엽기 때문이리라. '나도, 나도' 희망자가 속출하더니, 아이 양과 외국인 관광객의 촬영회가 시작됐다.

아이의 귀여움은 바다 건너에서도 통하는구나…….

『당신 여동생, 정말 귀엽네!』

외국인들에게서 그런 말을 듣고 당황스러워하고 있을 때, 아이가 옆에서…….

"히 이즈 마이 마스터~! 드래곤킹!!"

『???』

……혼란스럽죠? 죄송해요.

이것으로 관광도 일단락됐다. 촬영회를 마치고 대나무숲의 길을 따라 돌아간 우리는 북문을 통해 텐류지로 향했다.

경내에 들어가자, 곧 장기 관계자와 마주쳤다.

"앗! 용왕!"

"히나츠루 선생님도 잘 오셨습니다! 자, 이쪽으로 오시죠!"

아이가 호쿠리쿠를 떠나고 겨우 1년 지났다.

장기를 익힌 지 1년 반도 채 안 된 이 어린아이는 벌써 『선생님』이라고 불리는 위치에 있다.

그것이야말로 장기계가 재능의 세계임을 증명하는 가장 큰 증거이리라.

우리는 관계자 대기실에 안내해 준 연맹 직원에게 대국 상황을 물어보았다.

"이미 점심 식사 휴식 중인가요?"

"예. 둘 차례인 도전자가 일찌감치 휴식에 들어갔습니다."

"그런가요……."

자신의 제한시간을 소모해서 정해진 시각보다 일찍 휴식에 들어가는 것은 규정상 괜찮다. 장기판 앞에서 생각하는 것보다, 자신의 방에서 차분하게 생각하고 싶은 것이리라.

성미 급한 그 사람답다는 생각도 들지만…….

"쿠즈류입니다. 실례하겠습니다~."

"시, 실례하겠습니다! 여류기사인 히나츠루 아이예요!!"

우리는 관계자 대기실 입구에서 큰 소리로 인사했다.

지방에서 벌어지는 타이틀전에 갈 때는 이렇게 자신의 신분을 밝혀야 한다. 장려회 회원이나 연수생이면 어느 문하인지도 밝히는 게 중요하다. 나 말고 다른 사람의 타이틀전에 처음 온 아이에게 가르쳐 줄 겸, 나는 과할 정도로 성실하게 이름을 밝혔다.

예의가 바른 어린이는 어른들에게 사랑받는다.

아이는 곧 교토 장기계의 할아버지들에게 환영받았고, *야츠하시와 사탕 같은 과자와 음료수 같은 것을 잔뜩 받았다.

"아, 용왕."

분석용 장기판 앞에 기모노 차림으로 앉아있던 남성이 나와 아이에게 말을 건넸다.

츠키미츠 세이이치 9단. 장기연맹의 회장이다.

"그리고 히나츠루 양도 왔군요. 잘 왔어요."

"시…… 실례하겠습니다! 장기 공부를 하러 왔어요!"

"기특하군요."

회장은 눈이 보이지 않지만, 그래도 눈을 가늘게 뜨며 아이를 칭찬했다.

나는 회장의 주위를 둘러본 후, 평소와 다른 점을 눈치챘다.

"어? 오가 씨는 어디 갔나요?"

회장의 비서인 오가 사사리 여류 초단(은퇴)은 항상 그림자처럼 회장의 곁을 지킨다. 그 사람의 모습이 보이지 않는 게 불가사의했다.

"오늘은 기록 담당을 맡았답니다."

---

* 일본 전통 과자의 일종. 교토의 관광 명물.

"오가 씨가요? 드문 일도 다 있네요."

은퇴한 기사가 기록 담당이나 해설회의 리스너를 맡는 일은 딱히 드물지 않지만, 그 사람이 회장의 곁을 벗어나면서까지 그러는 건 매우 드문 일이었다.

"교토는 오가 양의 고향이니까요. 저보다 더 환영받죠."

"아~ 그렇군요."

"기록 담당은 대국자 다음으로 눈에 띕니다. 교토의 장기 팬 여러분에게 건강한 모습을 보여주고 싶어서, 이번에는 '저는 혼자 있어도 괜찮으니 기록 담당을 맡아주세요.' 라고 부탁했답니다."

"하지만 오가 씨가 싫어하지 않았나요? 울음을 터뜨렸다든가요."

"진지한 표정으로 '버림받을 바에야 확 죽어버릴래요.' 하고 말하더군요."

내 상상의 1억 배는 되는 것 같네…….

"여, 역시 오가 씨군요. 회장님께 목숨을 바친 것 같아요……."

"저 때문에 자신의 인생을 희생하는 건 바라지 않는데 말이죠."

딱히 회장님 잘못은 아니라고 생각하는데…… 아니, 넓은 범위에서 본다면 그렇게 볼 수도 있으려나?

"하지만 오가 씨는 자기가 하고 싶어서 그러는 거잖아요."

"그래서 곤란한 겁니다. 저한테 계속 의존하고 있으니까 말이에요. 사랑하는 아이일수록 여행을 시키라는 말이 있죠? 용왕 또한 자신의 제자가 혼자 힘으로 강해지기를 바랄 거라고 생각합니다만?"

"뭐, 그건 그렇지만……. 그래도 저의 제자인 아이는 이미 어엿한 여류기사니까요. 저에게 과도하게 의존하고 있지는 않아요."

회장은 아이 쪽을 쳐다보면서 물었다.

"만약 히나츠루 양이 같은 말을 듣는다면, 어떻게 할 건가요?"

"으음……."

아이는 잠시 생각에 잠긴 후에 대답했다.

"그때는 사부님의 말을 따르는 척해서 방심하게 한 후, 실은 다른 여자와 만나고 있다는 증거를 확보할래요."

내가 그 말을 듣고 부르르 떨고 있을 때, 회장이 "그건 그렇고."라고 말하면서 나를 향해 고개를 들었다.

"정말 좋은 타이밍에 왔습니다. 역시 용왕이에요. 타고났군요."

"예……?"

"도전자들을 만나 주지 않겠습니까?"

"만나 보라니…… 점심 식사 시간에요? 대기실에 가서요?"

"예."

회장은 고개를 끄덕이더니, 나에게만 들리도록 작은 목소리로 이렇게 속삭였다.

"이 승부의 분위기가 좀 더 고조되지 않으면, 여러모로 곤란하니까요."

△

"야 이 쓰레기 자식아! 대체 뭐 하러 온 거야?!"

대기실에서 도시락을 먹고 있던 그 여성은 내 얼굴을 보자마자 독설을 토했다.

도전자──츠키요미자카 료 여류옥장.

도쿄에서 치른 제1국에서는 기합이 과도하게 들어간 장기를 두며 완패를 한 바람에, 이제 궁지에 몰리고 말았다.

그러니 느닷없이 대기실에 찾아온 나를 잘 왔다며 환영해 줄 거라고는 생각하지 않았지만…… 이렇게 심한 말을 할 줄은 생각도 못했다.

이 광경에 이름을 붙인다면 『거친 성인식』이 적당할까.

이 사람은 기모노를 입을 때 안에 속바지를 입지 않기 때문에 기녀 같은 느낌이 물씬 나는데…… 띠가 흐트러지고 옷자락이 말려 올라가면서 긴 다리가 훤히 드러난 그 모습은 아름답다기보다 야했다.

다시 말하겠다……. 야했다.

초등학생 제자에게 이런 모습을 보여줄 수는 없기에, 나는 등으로 아이의 시선을 가렸다. 아이도 겁을 먹었는지 내 옷자락을 쥐고 숨어 있었다.

나는 머뭇거리면서 물었다.

"하, 한잔했어요……?"

"오늘은 안 마셨어. 공개 대국 중이잖아."

……오늘은?

"이 기모노라는 건 아무리 입어도 익숙해지지가 않는다니깐. 밥을 먹는 것도 힘들어서 좀 느슨하게 하려고 했을 뿐인데……."

"요 모양 요 꼴이 된 거군요……."

남성의 기모노는 허리에 두른 띠를 풀면 되니 간단하지만 여성은 가슴 바로 아래에 띠를 두르기 때문에 식사하기 힘들다는 이야기를 들은 적이 있다.

너무 갑갑해서 띠를 좀 느슨하게 한 것이리라.

남성 프로 기사도 점심 식사 중에는 편한 복장으로 갈아입기도 하니까, 그것 자체는 나쁜 선택지가 아니지만…….

"뭐, 나중에 여성 직원한테라도 옷 좀 잡아 달라고 하면 돼."

"여기는 절이거든요? 그런 사람이 있긴 하려나……."

전통여관이라면 몰라도, 절에 여성용 기모노를 입힐 줄 아는 사람이 상주할 가능성이 낮지 않을까. 비구니 중에 혹시 가능한 사람이 있으려나?

"쿠구이 씨라면 가능할 것 같기는 한데……. 대국 상대에게 기모노를 입혀달라고 하는 건 좀 그럴 테고……."

"흥! 그럼 이대로 둘래!"

"마, 말도 안 되는 소리 마요! 내가 대기실에 찾아간 후에 츠키요미자카 씨가 이런 차림으로 나온다면 나쁜 소문이 돌 걸요?!"

"맞아. 책임지라고, 쓰레기."

"무슨 책임 말이에요?!"

우리가 얼토당토않은 말다툼을 벌이고 있을 때——.

"저, 저기……."

지금까지 내 등 뒤에 숨어있던 아이가 얼굴만 쏙 내밀면서 작은 목소리로 말해다.

"제가 입혀드릴 수 있는데요……."

"쓸모 많은 꼬맹이네! 스승보다 훨씬 도움이 되는걸."

츠키요미자카 씨는 기뻐했다.

"내가 타이틀을 따면 용돈 줄게. 500엔 정도면 되지?"

쪼잔하네…….

"저기, 츠키요미자카 선생님? 이 애도 일단은 여류기사거든요……? 당신과 대국을 한 적도 있는데……."

"시끄러워, 이 무쓸모 쓰레기! 네놈도 제자를 본받아서 나한테 도움이 되라고. 대체 뭐 하러 온 건데? 이 멍청아."

왠지 돌아가고 싶어졌다.

교토에 온 것 자체가 점점 후회되기 시작했지만, 이대로 돌아가 버리면 회장한테 군소리를 들을 게 뻔했다.

앞으로 나아가든, 물러서든 지옥뿐이라면…… 차라리 앞으로 나아가는 편이 그나마 나을 것이다.

"하지만 뭘 할까요? 장기 조언을 하면 조언 행위로 큰 문제가 될 테고, 나는 장기 말고 특기라고 할 게 없는데……."

"뭔가 재미있는 이야기를 해 봐."

"못하거든요?!!"

오사카에 사는 사람이라면 누구나 개그를 잘할 거라고 생각하지 마!

뭐, 긴장을 풀어달라는 뜻에서 한 말이겠지만 말이다.

"지면 네 탓이야."

"책임이 막중하네요……."

여기서 츠키요미자카 씨가 지면 타이틀전이 그대로 끝난다.

제3국을 위해 교토 시청 사람들과 장기 관계자들이 1년 동안 준비했을 테니, 그 노력이 부질없어지기 직전인 것이다.

아직 이 제2국 상황은 파악하지 못했지만, 츠키요미자카 씨의 반응을 볼 때 오전 중에 우위를 점하지는 못한 것 같았다.

츠키요미자카 씨는 평소와 다르게 의기소침한 표정으로 한숨을 쉬며 이렇게 말했다.

"애초에 말이지. 이 교토라는 장소 자체가 하나부터 열까지 마치에게 너무 유리해. 대국장에, 복장에, 요리까지…… 나는 그 전부가 불리하게 작용한단 말이야."

"……."

그 점에 있어서는 나도 동정했다.

쿠구이 씨는 교토에서 태어나 교토에서 자랐다. 그리고 귀족 가문의 아가씨인 것이다. 산성앵화라는 타이틀에 이렇게 어울리는 존재는 어디에도 없을 거라 단언할 수 있을 정도다.

그것은 즉── 다른 사람에게 타이틀이 넘어가지 않았으면 한다고 누구나 생각하고 있다고도 할 수 있다.

물론 대놓고 츠키요미자카 씨에게 그런 말을 하는 사람은 없다.

하지만 이 삼번승부에서는 그런 속내를 귀가 아니라 피부로 느낄 수 있다. 교토 사람들은 그런 게 특기일 것 같기도 하고 말이다.

둔해 빠진 사람이 아니라면······.

『······나 따위가 산성앵화가 되어도 될까?』

『빌어먹을!! 반드시 타이틀을 탈취해서 네놈들이 울상을 짓게 만들어주겠어어어어!』

둘 중 하나의 감정을 품게 될 것이다.

그리고 둘 중 어느 감정도 장기에 플러스가 되지 않는다. 과도한 감정은 수읽기의 정밀도를 떨어뜨리는 것이다.

츠키요미자카 씨는 쥐고 있던 젓가락으로 찬합을 가리키며 말했다.

"이······ 뭐더라? 사찰 음식? 뭐, 건강에 좋을지는 몰라도, 이딴 걸 먹어서는 기운이 나지 않는다고나 할까······."

그 점에 있어서도 동정할 수밖에 없다.

여관이나 호텔에서 대국을 치를 때는 다양한 메뉴 중에서 음식을 고를 수 있지만, 이런 사찰이나 신사, 그리고 시민 홀에서 대국을 치를 때는 배달 도시락을 먹어야 한다.

츠키요미자카 씨는 여류기사치고는 드물게 대국 중에도 배부르게 식사를 하는 타입이니, 속이 비면 집중력이 떨어질 것이다.

그런 위화감은 의외로 대국에 영향을 끼친다.

설마 소식을 하는 쿠구이 씨가 츠키요미자카 씨의 이런 면을 고려해 요리를 정한 건 아니겠지만······.

"그러니까 하다못해 내가 식사를 하는 동안, 이 맛대가리 없는 요리가 조금이라도 맛있게 느껴지도록 이야기를 해 봐. 나를 즐겁게 해 보라고."

완전 폭군이네.

하지만──.

"요리, 라……."

요즘에는 장기 기사가 먹는 식사를 소재로 삼은 만화도 나오고 있으며, 장기계에서는 이런 화제가 쓰일 기회 또한 늘어나고 있다.

타이틀전의 보드 해설을 할 때 이런 가벼운 이야깃거리도 필요할지도 모르기에, 나는 이런 쪽 이야기를 몇 개 머릿속에 저장해 뒀다.

맞다.

장기와 관련이 있는 식사 이야기 중에는 이런 것도 있다.

"이건 아이가 칸사이에 오고 한 달쯤 지났을 때 일인데──."

불고기장기

©shirabii

"하아아······! 오늘도 실컷 뒀네~."

"실컷 뒀어요~."

칸사이 장기회관 2층에 있는 도장에서 하루 종일 연습 장기를 둔 나와 아이는 동시에 기지개를 켜면서 굳어버린 뇌와 몸을 풀었다.

4월. 오사카.

나——쿠즈류 야이치가 장기계 최고위 타이틀인 용왕을 획득하고 처음으로 들인 제자는 갓 초등학교 4학년이 된 여자애였다.

히나츠루 아이.

내 제자가 되려고 호쿠리쿠 지방의 온천마을을 떠나 혼자서 오사카에 온 이 초등학생 여아는 우여곡절 끝에 이 장기회관 인근에 이는 아파트에서 나와 동거하고 있다.

즉, 내 제자가 된 것이다.

뭐, 결과적으로 나는 열여섯 살에 애아빠가 된 상황이 됐으며, 제자의 오늘 저녁 식사를 어떻게 할지 고민해야만 하지만······ 이제부터 집에 가서 음식을 만들어 먹는 것은 귀찮다.

"아이는 어떤 음식을 좋아해?"

내가 장기말을 정리하면서 묻자, 제자는 조그마한 손가락을 가위 모양으로 만들어 까딱거리면서 말했다.

"께~!"

"게 말이야? 지금은 게 철이 아닌데……. 맞아. 고깃집은 어때?"

"좋아해요! 엄청 좋아해요!"

"좋아! 그럼 고기라도 먹고 돌아가자!"

"와아! 고기~ 고기~!!"

아이는 기쁨에 사로잡히며 껑충껑충 뛰었다.

음! 귀엽다.

나는 로리콤이 아니지만, 이렇게 어린 여자애가 기뻐하는 모습을 보니 너무나도 사랑스럽게 느껴졌다. 로리콤은 절대 아니지만 말이다.

"하지만 단둘이서 고기를 구워 먹으러 가는 것도 좀 쓸쓸하네. 다른 기사도 불러 볼까?"

"예! 다 같이 먹으면 더 맛있을 거예요 ♪"

"맞아! 그럼 기사실에 가 보고 올게."

그리고 3층 기사실에 가 본 나는 그곳에 있는 인물을 본 순간, 이 한 수가 돈사(頓死)급의 엄청난 악수라는 사실을 깨달았다.

언제 어느 때나, 악수라는 것은 둔 후에 깨닫는 법이다…….

"……."

"……."

"……."

연맹에서 걸어서 5분 거리에 있는 『숯불구이 코얀』의 4인용 좌석에 앉은 우리 셋은 침묵에 잠겨 있었다.

멤버는 나, 아이, 그리고—— 사저.

나보다 어린데도 먼저 입문해서 서열이 높은 소라 긴코 여류 2관이 우연히 기사실에 있었던 바람에, 즐거운 저녁 식사가 침묵 수행으로 변모했다.

참고로 이곳에 오기 전에 우리가 나눈 대화라고는 '사저는 오늘 뭘 했죠…….' '장기.' 가 전부다. 이거 완전 지옥이네…….

게다가…….

"……어이, 저기 앉아 있는 사람은…….."

"어?! 백설공주……?!"

"같이 있는 저 시원찮아 보이는 남자는 누구고……?"

우리가 자리에 앉자마자, 가까운 자리에 있던 손님이 우리 쪽을 쳐다보며 소곤거리기 시작했다.

《나니와의 백설공주》라는 멋들어지는 별명을 지닌 사저는 장기계만이 아니라 칸사이 지역에서 손꼽히는 아이돌적 존재다.

진짜 아이돌에게 뒤지지 않는 외모. 눈처럼 새하얀 피부와 은색 머리카락. 그리고 초등학생 때 여류 최고위 타이틀인 『여왕』과 『여류옥좌』를 탈취한 장기 천재. 여류 장기전에 등장한 이후로 4년 동안 여류 공식전에서 한 번도 지지 않은 판타지스러운 실적은 중학교 3학년인 사저의 존재를 전설의 영역으로 끌어올렸다.

중학생 때 프로 기사가 되어서, 사상 최연소로 7대 타이틀 중 최고위인『용왕』을 획득한 나도 꽤 유명할 테지만, 인간의 영역을 벗어난 존재인 사저 덕분에 존재감이 없었다. 뭐, 괜찮아.

……괜찮다고!!

　"저, 저기……."

　분위기가 한도 끝도 없이 나빠지는 가운데, 아이가 머뭇거리며 입을 열었다.

　"사부님? 이 가게, 꽤 비싸 보이는데 괜찮겠어요……?"

　"괜찮아. 이 녀석, 작년에 엄청 벌었거든."

　사저는 내가 계산하는 게 당연하다는 투로 그렇게 말했다.

　참고로 최정상 기사가 한 해 동안 벌어들인 상금의 총액은 매년 공표되며, 내가 지닌 용왕 타이틀은『한 번 이기면 ○○만 엔』 같은 느낌으로 토너먼트의 상금까지 전부 공표되어 있다. 즉, 사저는 내 주머니 사정을 완벽하게 꿰뚫어 보고 있는 셈이다.

　"올해도 용왕전의 상금이 들어올 테니까, 모든 대국에서 지더라도 연소득이 4천만 엔은 확실하게 넘을 거야. 타이틀을 잃더라도 선승제 승부에 임하기만 하면 1500만 엔 정도는 받지? 부자라서 참 좋겠네. 집에서 초등학생을 기르자는 생각을 하는 것도 무리는 아냐~."

　"……아주머니한테 묻지 않았거든요?"

　"누가 아주머니라는 거야, 짜샤."

　두 사람은 벌써 다투기 시작했다.

　처음 만난 순간부터 어째서인지 사이가 나빴던 아이와 사저에게 이 정도 응수는 첫수 7육보에 3사보 같은 흔한 오프닝이나 다름없다. 즉, 얼굴을 마주쳤다 싶으면 다투는 것이다. 제발 작작 좀 하라고요.

"사, 사저. 우리 일문 안에서 본다면, 사저는 아이의 아주머니에 해당하기는 하니까……."

"그래도 보통은 '아주머니'라고 부르지 않을걸? '소라 선생님'이나, 하다못해 '소라 씨'라고 부르는 게 정상 아닐까?"

"싫어요."

"이 꼬맹이가……."

"지, 진정해요. 예? 예~?"

나는 끼어들어서 두 사람을 말렸다. 여기가 내 방이나 연맹이라면 장기로 결판을 내면 되겠지만, 장기판이 없는 이런 상황에서는 주먹다짐으로 발전할지도 모르는 것이다.

"미안해요, 사저. 아이는, 그러니까…… 아직 제자가 된 지 얼마 안 되어서 장기계의 상식이랄까, 예의범절을 잘 알지 못하니까……. 집에 돌아가면 따끔하게 교육할게요. 그러니까 봐줘요."

"……."

사저는 평소와 다르게 입술을 뾰족하게 내밀더니, 어린애처럼 나를 비난했다.

"제자라고 감싸는 거야?"

"가, 감싸는 게 아니라…… 제자 교육은 스승이 할 일이잖아요?"

"······흐음."

"왜, 왜 그래요? 무슨 불만이라도 있어요?"

"딱히 없어. 뭐, 로리콤다워서 괜찮네."

"그러니까 나는 로리콤이 아니라고요! 우연히 제자가 초등학생일 뿐이란 말이에요!!"

"중학생과 초등학생 중에 한 명을 제자로 골라야 한다면 누구를 선택할 거야?"

"예? 그야 당연히 초등학생이죠."

"······."

"그, 그, 그게 말이에요! 장기계는 재능의 세계잖아요?! 그러니 젊으면 젊을수록 좋잖아요?! 애초에 나는 여섯 살 때 입문했고, 사저도 네 살 때 입문했잖아요?! 유치원생이었잖아요?!"

턱! 하는 소리가 들렸다.

고개를 돌려보니, 아이가 들고 있던 메뉴표를 바닥에 떨어뜨린 것 같았다. 어둑어둑한 조명 안에서도 확연하게 알 수 있을 만큼, 아이의 얼굴은 새파랗게 질려 있었다.

"사, 사부님······."

아이는 부들부들 떨면서 내 옷자락을 움켜잡고 외쳤다.

"사부님은······ 저보다 더 어린애가 아니면 만족하지 못하는 건가요?!"

공간 자체가 얼어붙었다.

"저기, 저는…… 아직 나이가 한 자릿수에, 키도 작은 편인 데다, 유치원생 때 옷도 입을…… 아얏! 하지만 좀 있으면 10대가 되고 말아요……!"

"잠깐만, 아이. 그런 문제가 아니라──."

"사부님~! 저, 최선을 다할게요! 사부님이 좋아 죽는 쬐끄마한 여자애가 될게요! 생일 같은 것도 미루면서, 나이를 먹지 않도록 최대한 노력하겠어요!! 그러니까…… 그러니까……!!"

"알았어! 괜찮아! 아홉 살이라도 충분히 오케이이옵니다!!"

"……정말요?"

"응! 나, 초등학생을 참 좋아해!!"

"……연애 대상이에요?"

"무, 물론이지. 아홉 살이면 어엿한 레이디잖아."

"에헤헤~♡ 저도 사부님을 참 좋아해요!"

조금 전까지 눈물을 보이던 아이가 환하게 웃으며 나를 꼭 끌어안았다.

길바닥에 찌부러져 있는 벌레를 보는 듯한 사저의 시선, 그리고 점원과 다른 손님들의 시선이 나에게 무자비하게 꽂혔다. 후덥지근한 고깃집의 공기가 영하로 떨어지는 것이 느껴졌다.

이제 이 가게에는 못 오겠는걸……. 꽤 마음에 드는 곳이었는데 말이지…….

"한심한 소리 그만하고, 빨리 주문이나 하자."

타인의 시선을 아랑곳하지 않는 사저가 바닥에 떨어진 메뉴를 향해 손을 뻗으며 잠시 생각에 잠기더니, 곧 점원을 불렀다.

"저기요. 고급 등심 3인분, 특상 갈비 3인분, 고급 안창살 3인분, 깍둑썰기를 한 우둔살 3인분, 소막창을 3…… 4인분, 안심 샤토브리앙 3인분, 그리고 밥 3인분과 돌솥 비빔밥 1인분. 앞접시 두 개. 그리고 고급 양곱창 3인분, 심장 3인분, 볼살 3인분. 그리고 오렌지 주스 세 잔. 일단 이만큼만 부탁해요."

대체 얼마나 묵을 생각인가?

"저, 저기, 사저…… 첫수로 고급 등심에 특상 갈비까지 시키는 건 과수(過手) 아닐까요? 너무 기름지다고요."

'과수'란 장기용어로 '지나치게 욕심을 낸 수' 같은 의미다. 처음에는 담백한 것부터 먹고 싶다. 소혀 같은 것 말이다.

"뭐? 배고프니까 기름진 것 좀 먹잔 말이야. 아, 그리고 말이죠. 그리고 이 흑우 마블링 설로인 스테이크를 세 장 부탁해요."

"너무 많이 시켰다는 뜻이라고요! 사람 말을 듣고 있기는 한 거예요?!"

"고깃집에 와서 고기를 시키는 게 뭐가 잘못된 건데?! 타이틀 보유자가 마블링 있는 고기 좀 시켰다고 쪼잔하게 굴지 좀 마!!"

"그렇게 마블링이 좋으면 비차라도 휘저으라고요!! 앉은비차파면 얌전히 마블링 있는 고기 같은 건 시키지 말라고요!!"

"식성에는 앉은비차파도 몰이비차파도 없어! 그렇게 치면 앉은비차파는 대체 뭘 먹으면 되는데?!"

"이………… 일…… 일보?"

"뭐? 그건 대체 어느 부위인데?"

"으음…… 엉덩이 끝부분의 고기? 인 것 같아요…….''

나는 메뉴를 보면서 대답했다.

그것은 우둔살의 아래쪽 부드러운 부분을 말한다고 한다. 소 엉덩이가 H 모양이기에, H본이라고도 부르며, 그것이 그 단어를 줄여서 말하다 보니 일보가 된 것 같았다. 새로운 걸 배웠는 걸.

우리가 말다툼을 하는 사이, 주문한 고기가 테이블에 도착했다.

"와아! 맛있어 보여요!"

"마블링이 엄청나네."

아이가 무심코 환성을 터뜨릴 만도 했다. 어둑어둑한 조명 안에서 찬란히 빛나고 있는 등심과 안창살의 눈을 흩뿌린 듯한 마블링을 보니, 식욕이 샘솟았다.

"자, 굽자."

《나니와의 마블링 공주》가 집게를 쥐고 고기를 굽기 시작했다. 나도 질 수 없다는 듯이 참전했다. 아이는 집게가 너무 커서 제대로 쥘 수 없기에, 흥분한 표정으로 우리가 고기를 굽는 모습을 쳐다보고 있었다.

하지만 바로 이때, 문제가 발생했다.

성미 급한 사저는 대량의 고기를 한꺼번에 구우려 했다. 철망에 빈자리가 없을 정도로 고기를 까는 타입이다. 반대로, 고기한 점 한 점의 맛을 추구하며 천천히 고기를 구워 먹는 파인 나는 철망 위에서 독자적인 낭만을 추구했다. 그저 고기를 올려놓기만 하면 되는 게 아니라고.

이윽고 서로의 고기 굽기 관념이 철망 위에서 격돌하기 시작했다.

"야 이치, 좀 효율을 생각하며 구워."

"사저야말로 철망에 여러 종류의 고기를 잔뜩 깔지 말라고요. 보릿고개 시절 사람들이나 그딴 식으로 고기를 굽는단 말이에요."

"너야말로 왜 그렇게 쪼잔하게 고기를 굽는 건데? 세 사람이 같이 먹으니까 잔뜩 구워야 먹는 속도를 따라갈 거 아냐. 멋대로 공간을 차지하지 말아줄래?"

"사저야말로 너무 낭비가 심한 거 아니에요? 고기 구울 줄 모른다는 티 팍팍 내는 게 부끄럽지도 않나요?"

"뭐? 이 완벽한 고기 포진의 어디에 낭비가 존재하는데?"

"저기요. 저 공간 말이에요."

"어디 말이야?"

"저기 말이에요."

"그러니까 대체 어디 말이야?"

"……그~러~니~까~!"

나는 뇌를 고기 굽기 모드에서 장기 모드로 변경하며 말했다.

"저쪽의 5육 지점에 놓인 안창살이 명백하게 악수라는 거라고요! 그 안창살을 옆으로 옮기고, 5이의 갈비를 전진시키란 말이에요."

"하지만 안창살을 옮길 수 있는 건 4열이잖아? 그러면 4열에 고기기둥이 생기니 나쁜 형세 같은데 말이야. 고기가 한곳으로 몰리는 악수 아닐까?"

"무슨 소리를 하는 거예요! 5육 지점에 갈비를 진출시키면, 숯 위에 떨어진 기름 때문에 불길이 강해질 거잖아요? 그리고 그 불이 3칠과 6사 지점의 고기에도 영향을 끼칠 거예요. 빨리 고기를 구우면 그만큼 빨리 치울 수 있으니, 몰릴 리가 없어요."

"뭐어~? 기름을 떨어뜨려서 빨리 굽는다는 건 이상론 아냐? 기름이 안 떨어지면 어쩔 건데? 역시 아무짝에도 쓸모없는 악수네."

"뭘 모르네요~. 고기의 움직임을 고려하며 불판 위를 넓게 쓰라는 말이라고요. 하아, 이러니까 사저는 '국지전만 중시하며, 대국관이 나쁘다' 같은 소리를 관전기에서 듣는 거예요."

"흐음~? 역시 '종반에 상대가 질색할 정도로 물고 늘어져서 역전할 뿐' 이라는 평가를 받는 사람은 뭘 좀 아나 보네."

"그래도 그런 방식으로 타이틀을 땄다고요~."

"나도 타이틀을 가지고 있거든요? 겨우 두 개지만 말이에요."

"타이틀의 가치는 숫자로 정해지는 게 아니거든요?"

"그래? 그런 이야기는 여러 개를 손에 넣은 후에 하는 게 어떨까?"

"아무튼 이 낭비가 심한 진형을 좀 손보도록 할게요!"

"여기는 내 영역이야. 소라 존이거든? 침범하면 날려버릴 거야."

내가 사저의 진지를 향해 집게를 내밀자, 사저는 자신의 집게로 내 집게를 막아냈다. 서로의 집게가 맞부딪치더니, 허공에서 격렬한 힘겨루기가 시작됐다……!

"다 구워진 고기는 뺄게요~."

나와 사저의 의견이 격렬하게 충돌하고 있는 가운데, 아이는 젓가락으로 다 구워진 고기를 접시로 옮겨 자기 말로 바꿨다. 의외로 요령이 좋은 애라니깐.

그리고 응석을 부리듯 나를 올려다보며 이렇게 말했다.

"사부님~. 배고파요~(>_<)"

"응? 아, 미안해. 먹어도 돼."

"잘 먹겠습니다~!"

아이는 환성을 지르면서 손을 모으고 외쳤다. 그리고 나와 사저 또한 이 논쟁을 일시적으로 중단한 후, 젓가락으로 고기를 집었다.

자아, 맛은──.

"응! 맛있어 ♪"

"……나쁘지 않네."

사저는 무표정한 얼굴로 그렇게 중얼거렸다.

사저는 타이틀전을 자주 치르기에 일본 전국의 전통여관과 호텔에 가 봤다. 그런 곳의 식사는 일류 식재료를 일류 요리사가 조리해서 만든 최고급 요리이기에, 중학생치고는 입맛이 고급이다. 그런 사저가 인정한 정도이니 꽤 맛있다고 봐도 될 것이다. 이 가게, 또 오고 싶은데…… 아마 힘들겠지…….

그런 안타까운 마음을 느끼면서 고기 맛을 즐기고 있을 때, 옆에서 귀여운 비명 소리가 들렸다.

"아뜨뜨."

"아이, 왜 그래? 괜찮아?"

"뜨거워요……."

"어이, 화상 입지 않게 조심해. 잘 식힌 다음에 먹으렴."

"예~."

내 제자는 아무래도 뜨거운 것을 잘 못 먹는 것 같았다. 어린애답게 말이다. 귀엽네.

아이는 내 말에 따르려는 건지 입을 조그맣게 벌리더니, '후~ 후~' 불어서 고기를 식혔다. 귀엽다. 내 제자는 정말 귀엽다.

"어때? 맛있어?"

"예~♡"

황홀한 표정을 지으며 나를 쳐다본 제자가 그렇게 말하며 고개를 끄덕였다. 강아지가 꼬리를 흔드는 것처럼, 아이는 테이블 밑에 있는 다리를 까딱거리고 있었다. 정말 귀엽네.

이 미소만 봐도 배가 부를 것만 같은 느낌이 들었다.

지금까지 고깃집에 오면 고기를 조금이라도 더 먹을 생각만 했지만, 오늘은 제자에게 조금이라도 더 먹이고 싶다는 생각이 들었다.

"좋아! 팍팍 굽자!!"

나는 팔을 걷어붙이면서 집게를 쥐었다.

철망 위에는 다 구운 고기와 덜 구운 고기가 뒤섞여 있었다.

그리고 이미 다 익어서 불판 위에서 치워진 고기의 영향, 그리고 고기와 숯불 때문에 발생한 연기 때문에 고기가 얼마나 익었는지 파악하기 힘든 상황이다.

하지만 이 혼돈을 완벽하게 컨트롤해야 프로라 할 수 있다……!

"이야압! 고기를 고기고기해 주겠어!!"

"야이치…… 이 단계에서 거육(居肉)을 두는 거야? 너, 고기 굽는 걸 얕보고 있는 거야? 네 싸기가 다 타버리고 말 걸?"

"사저야말로 8삼의 등심이 타고 있거든요?"

"빨리 승격시켜."

고기를 뒤집으라는 의미다. 장기말을 승격할 때 뒤집듯이 8삼에 있는 등심을 뒤집으라는 것이다.

불판 곳곳에서 불길이 치솟더니, 노타임으로 판단을 내려야만 하는 상황이 벌어졌다. 서로가 고기 굽기에 관한 수순에 따라 응수를 펼쳐나갔다! 뜨거워!!

"받아요, 사저! 한 수 손해 갈비 교환!"

"아직 멀었어, 야이치! 내장이 없는 고기 굽기는 패배한 고기 굽기야."

"사저, 양곱창만 그렇게 단단하게 굳혀서 뭘………… 헉!! 이, 이 싸기는── 미노 싸기?!"

우리가 그러고 있을 때, 어느새 표정을 딱딱하게 굳힌 아이가 나와 사저를 향해 일갈했다.

"먹을 걸 가지고 장난치면 안 돼요!!"

""자, 잘못했어…….""

처음에 주문한 고기를 얼추 다 먹은 후, 우리는 한숨 돌렸다.

"이야~ 다 먹을 수 있을까 걱정했는데, 깨끗하게 몰아쳤네."

"이제 배가 빵빵해요~(>_<)"

아이는 볼록 튀어나온 배를 매만지면서 귀여운 비명을 질렀다. 완벽한 유아체형이다.

참고로 '몰아치다' 라는 말은 장기용어로 '상대의 옥(玉)을 공격해서 쓰러뜨린다.' 같은 의미로 쓰일 뿐만 아니라, 장기계에서는 '끝까지 최선을 다한다' 같은 의미로도 쓰이곤 한다.

이렇게 음식을 전부 먹어치우는 것도 같은 의미로 쓰이며, 내 제자 시절에는 케이카 씨에게 자주 '싫어하는 걸 남기지 말고 전부 몰아쳐.' 같은 말을 자주 들었다. 사저는 싫어하는 음식이 나오면 전부 나한테 떠넘기곤 했다.

"맛있었어……. 하지만 고기만 먹었더니 다른 것도 좀 먹고 싶네."

내가 메뉴를 펼쳐서 보면서 잠시 생각에 잠기자…….

"좋아. 채소와 냉면을 시키자. 아이는 먹고 싶은 거 없어? 뭐든

시켜도 돼."

"으음………… 푸딩이 먹고 싶어요!"

"너, 지금 메뉴가 아니라 내 머리카락을 보면서 말했지?"

메뉴에는 냉동 푸딩이 있었기에, 나는 그것을 주문했다. 입가심 디저트로 얼린 푸딩도 괜찮을 것 같았다.

"사저도 주문할래요? 셔벗 같은 것도 있어요."

"만갈리차 돼지 삼겹살 3인분. 그리고 돼지 간."

"사저, 더 먹으려고요?!"

"내가 오히려 물어보고 싶은 건데, 왜 고깃집에 와서 채소를 먹으려는 거야? 바보 아냐? 채소를 먹고 싶으면 밭에나 가."

어린애냐!

"아니, 사저도 채소를 좀 먹는 게 어때요? 고기만 먹으면 빨리 죽는다고요."

"괜찮아. 어차피 오래 못 살거든."

"그런 소리를 하는 사람일수록 장수하죠~. 사저는 일흔 넘어서도 타이틀을 가지고 장기계에 군림하고 있을 것 같아요."

"……."

사저는 아무 말 없이 시선만으로 '빨리 주문해.' 하고 재촉했다.

사저와 말로 싸워 봤자 이길 수 없을 것 같아서 나는 그냥 점원에게 주문했다. 유능한 점원은 주문을 받자마자 불판도 갈아줬다.

잠시 후, 주문한 고기와 채소와 푸딩이 나왔다.

사저는 고기. 나는 채소. 이번 주문은 장기와 바둑만큼 분야가 다르기 때문에 다툼은 발생하지 않는다. 불판 위에는 평화가 찾아올 것이다.

그렇다……. 평화가 찾아올…….

……거라고, 생각했는데 말이다.

"저기, 사부님."

다리를 앞뒤로 흔들며 행복한 듯이 냉동 푸딩을 먹던 아이가 채소를 굽고 있는 나에게 말을 걸었다.

"기사 선생님들은 대국 때 어떤 걸 먹나요?"

"뭐, 사람에 따라 다르다고 말할 수밖에 없겠네."

나는 아이에게서 푸딩을 한 숟가락 얻어먹은 후, 장기 기사의 식사에 관해 이야기했다.

"나는 긴장을 심하게 타기 때문에 아침, 점심, 저녁, 전부 잘 먹지 못해. 저녁에 많이 먹으면 잠이 오기도 하니까…… 과자 같은 걸 몇 개 주워 먹으면서 뇌에 영양분을 공급해 주기만 해."

"당분 맛있어요♡"

"그래. 효율적으로 당분을 보급해 주는 건 중요하지. 아유무는 해외에서 수입한 엄청 단 블러드 오렌지 주스를 마셔."

"아하~. 주스는 많이 마셔도 잠이 오지 않을 테니까요!"

그 녀석은 그런 점까지 생각하지는 않을 것이다. '블러드'라는 단어가 마음에 들어서 마시는 것이리라.

"나와 아유무는 그렇지만, '저렇게 먹어도 괜찮을까?' 싶을 정도로 먹어대는 사람도 있어."

"장기를 두면 배가 고프니까요."

"닭튀김 정식에 닭튀김을 더 추가하거나, 타이틀전을 치르는 날 아침부터 복어 매운탕을 시키거나, 정식을 2인분이나 시키는 등…… 아, 카레만 먹는 사람도 있지."

게다가 그 사람이 쓴 자전기의 절반 이상은 카레 이야기로 가득해서, 장기 논평인지 요리 논평인지 분간이 안 될 지경이다.

"사저. 그 사람은 왜 카레만 먹는 걸까요?"

"글쎄? 향신료가 뇌의 활동에 좋다 같은 말을 하던데……."

전혀 믿음이 안 가네~.

"타이틀전 입회 같은 걸로 몇 번 신세를 지기는 했지만, 식사 때마다 집요하게 카레를 권해서 성가시다니깐……."

"진야에서는 카레가 먹고 싶지만요."

장기계에서는 『진야 카레』가 유명하다.

카나가와현 츠루마키 온천에 있는 전통 여관 『진야(陣屋)』에서 장기 타이틀전 때만 관계자에게 제공하는 스페셜 메뉴다.

"하지만 타이틀전의 식사는 꽤 신경을 쓴다고나 할까, 중요하죠. 호텔이나 여관에서는 정성을 들인 요리가 나오니까, 예상과 다른 음식이 먹게 되면 좀 의아하기도 해요."

『○○의 ○○풍~○○ 첨가~』 같은 메뉴를 보면 공포심만 샘솟는다.

하지만 카레는 어디서 시켜도 비슷비슷하니, 그런 점에서는 우수한 음식일지도 모른다. 당연한 거지만, 그 당연한 점이 가장 중요한 것이다.

"사저는 타이틀전 식사는 어떤 기준으로 고르나요? '이걸 주문하면 틀림없어!' 같은 게 있나요?"

"고기."

사저는 주저 없이 대답했다. 이 사람도 참 꿋꿋하네.

"사저는 옛날부터 고기를 좋아했어. 그래서 그런지 성격이 참 공격적이라니깐……. 아이, 잘 들어. 고기만 먹으면 저렇게 되니까 채소도 먹도록 해."

내가 반쯤 농담 삼아(즉 반쯤 진담 삼아) 그렇게 말하자, 사저는 뜻밖에도 그 말에 반발했다.

"야이치는 옛날부터 초식계였지? 완벽한 초식동물이었잖아? 눈앞에 좋은 고기가 맛있게 요리되어 있는데도, 저어어어어어얼 대! 손을 대지 않잖아!!"

"왜, 왜 화내는 거예요……?"

나는 사저의 박력에 압도당한 나머지 몸을 뒤편으로 젖히며 어찌어찌 그렇게 말했다. 채소 먹는 게 뭐 어때서 이러는 거냐고……. 한동안 혼자 살았기 때문에 건강에도 신경을 쓰는 거란 말이야…….

사저가 기름이 방울져 떨어지는 삼겹살처럼 활활 타오르자, 환한 미소를 머금은 채 푸딩을 먹고 있던 아이는 천사 같은 표정을 지으며 말했다.

"그건 그 고기가 맛있어 보이지 않기 때문이에요."

"확 담가버린다?!"

사저는 불기둥이 치솟은 불판에 기름진 고기를 올려놓는 듯한 짓을 한 초등학생 여아를 향해 불같이 화를 냈지만, 아이는 푸딩을 한 손에 든 채 여유로운 표정을 지으며 말을 이었다.

"어린 동물의 고기일수록 부드럽고 맛있잖아요. 다 늙은 동물의 고기 같은 건 잡내가 심하고 질겨서 먹을 게 못돼요."

"뭐? 나이를 너무 먹으면 그럴지도 모르지만, 어느 정도 성장해서 숙성된 고기가 그저 어려 빠진 동물의 고기보다 훨씬 맛있을걸?"

"그렇지 않아요. 어리면 어릴수록, 육즙이 많고 맛있다고요."

"아무것도 모르는 꼬맹이는 입 다물고 있어. 숙성된 맛이야말로 최고란 말이야. 야이치도 그렇게 생각하지?"

"예? 나, 나한테 물은 거예요?!"

나한테 불똥이 튀었잖아?!

"사부님, 아니죠? 사부님은 젊으면 젊을수록 좋죠? 아까 그렇게 말했잖아요?"

"야이치, 아니지? 야이치는 로리콤이 아니지? 노멀이지?"

"아니…… 어? 왜 로리콤이라는 소리가 튀어나오는 거죠?"

""잔말 말고.""

두 사람은 동시에 그렇게 말하더니, 나를 향해 얼굴을 쑥 내밀면서…….

"젊은 쪽이 좋죠? 사부님?"

"숙성된 편이 낫지? 야이치?"

……하고 말했다.

젊은 고기인가, 아니면 숙성된 고기인가.

…………솔직히 말해 어느 쪽이든 상관없다…….

어? 어어~? 어린 고기가 좋은지 나쁜지 같은 것을 의식한 적은 없는데 말이야~. 그리고 지금까지는 그냥 나온 고기를 먹기만 해서, 그런 것도 모르는데~.

하지만 두 사람의 진지한 표정을 보니, 아무래도 상관없다는 대답으로 넘어갈 수는 없을 것 같았다.

"으음…… 뭐, 역시 숙성된 고기가 맛있지 않을까요? 채소도 익지 않으면 쓰기만 하잖아요."

""!!""

그 순간, 사저의 얼굴은 몇 년 만에 처음 보는 것 같을 만큼 환해졌고, 아이의 표정은 지옥을 본 것만 같을 만큼 절망으로 물들었다.

사저는 생글생글 웃으면서 다 구운 고기를 집게로 집더니…….

"그렇지? 그렇지? 자, 야이치. 고기 먹어. 잘 익은 고기를 먹는 거야."

"아니, 나는 이제 고기에 질렸——."

"잔말 말고 먹기나 해."

"예."

나는 사저가 내민 기름진 돼지고기를 먹었다. 쏠린다…….

그런 내가 더 몰아치듯이, 내 제자가 울먹이면서 외쳤다.

"사부님은 모지리!! 거짓말쟁이!! 아까는 어릴수록 좋다고 했잖아요!!"

"내, 내가 그런 소리를 했었어?"

"연애 대상이라고 했잖아요~!!"

"어?! 나, 고기와 연애하는 거야?!"

진짜 영문을 모르겠네! 여초생의 사고회로는 원더랜드야!!

"자아, 야이치. 고기 먹어. 빨리 먹으란 말이야."

"사부님은 거짓말쟁이!! 중년 취향!!"

　사저는 억지로 고기를 먹여대지, 제자는 내 귓가에서 고함을 질러대지, 가게 곳곳에서는 차가운 시선이 날아오지──.

　이제 고깃집은 지긋지긋해!

　　　　　※ 이 단편은 『간간GA』에 처음 실렸던 작품입니다.

산성 앵화전 2

"……그런 일이 있었어요."

"흐음."

어느새 다다미방에 드러누워서 귀를 파며 내 이야기를 듣고 있던 츠키요미자카 씨는 손가락 끝에 붙은 귀지를 후 하고 불면서 감상을 말했다.

"진짜 아무래도 상관없는 이야기네."

어어…….

"그렇잖아? 결국 네가 긴코와 저 초등학생한테 사랑받고 있다는 걸 자랑하는 이야기지? 그딴 이야기를 들으면 밥맛이 뚝 떨어지기만 한다고."

"저기, 인기가 좋다뇨……. 대체 왜 그런 결론이 나오는 건데요? 내가 작년부터 얼마나 고생했는지 이해해 줬으면 해서——."

"야, 꼬맹이. 옷 좀 입혀줘."

"아…… 예."

내 등 뒤에서 고개만 쏙 내밀고 있던 아이는 머뭇거리면서 츠키요미자카 씨에게 다가갔다. 내 말 좀 들으라고~!

"사부님은 돌아서고 있으세요!!"

"예, 예입!!"

아이가 고함을 지르자, 나는 허둥지둥 뒤돌아섰다.

스르르륵…… 하고 옷깃 스치는 소리가 들리거나, 띠를 조일 때 "하응……." 하는 츠키요미자카 씨의 숨소리가 들리자, 여러 모로 거북…….

"다 됐어요."

아이의 말을 듣고 머뭇머뭇 돌아서 보니―― 기모노 차림의 츠키요미자카 씨의 모습이 눈에 들었다.

……아름답다.

옷깃이 흐트러진 모습도 요염했지만…… 이렇게 깔끔하게 차려입자, 그 완벽한 용모에 압도당할 것만 같았다.

《공세의 대천사》라는 별명에 걸맞은 외모다. 입만 다물고 있으면 진짜 천사로 착각할 것만 같았다…….

기모노의 착용감을 확인하려는 듯이 팔을 휘둘러보던 츠키요미자카 씨는 놀란 듯한 어조로 아이에게 말했다.

"……꼬맹이. 너, 기모노 입히는 게 능숙하구나?"

"그래요?"

"응. 아까는 갑갑했지만, 지금은 편한걸. 고마워~!"

츠키요미자카 료 여류옥장은 그렇게 말하더니, 씩씩한 발걸음으로 대국장을 향했다.

○

그 정원을 본 순간, 아이는 숨을 삼키며 멈춰 섰다.

그리고 잠시 후――.

"와아……."

겨우 입을 열며 탄성을 토했다.

텐류지『소겐치 정원(曹源池庭園)』.

"약 700년 전 조형이 현재도 남아 있는 정원이야. 일본 첫 사적 특별 명승 지정을 받은 곳이기도 해. 중앙에 있는 소겐치라는 연못을 둘러싸며 조성된 지천회유식 정원이자, 아라시야마를 배경으로 삼고 있는 차경식 정원이기도 하지."

무소 소세키라는 유명한 선승(禪僧)이 이곳을 만들었다고 전해진다.

그 사람은 전국 각지에 멋진 정원을 만들며 다녔다고 한다.

"참고로 소겐치라는 이름은 무소 씨가 연못의 물을 전부 빼니『조원일적(曹源一滴)』이라고 적힌 비석이 나타난 데서 따왔다고 해."

"사부님…… 박식하시네요……♡"

"……라고 홈페이지에 적혀 있네."

"존경심이 싹 사라졌어요!"

"괜찮아. 우리는 장기 정석을 죽어라 암기해야 하니까, 다른 건 그냥 검색해서 알아봐도 돼."

뇌의 빈 용량을 확보해 둬야만 하는 장기 기사에게, 쓸데없는 지식을 기억하는 건 방해되는 짓이다. 변명하는 게 아니다. 진짜라고!

그런 정원을 볼 수 있는『＊오오호죠』라는 곳에서 대국은 치러지고 있었다.

＊ 대방장(大方丈) : 방장이란 지위가 높은 승려의 처소. 텐류지에는 각각 대방장(오오호죠), 소방장(코호죠)이 있다.

정원도 멋지지만, 오오호죠도 정말 멋진 건물이었다.

동쪽과 서쪽을 가르는 장지문에는 운룡(雲龍) 그림이 그려져 있으며, 마치 거대한 용이 노려보고 있는 듯한 엄청난 박력이 느껴졌다.

평소에는 출입이 금지되는 장소인 이곳에서 산성앵화 제2국이 펼쳐지고 있었다.

참배객이 주위를 둘러싼 복도를 걸으면서, 정원과 대국을 볼 수 있도록 되어 있는 것이다.

기모노 차림의 미녀 두 명이 처절한 표정을 지으며 장기를 두고 있는 광경은 룰을 모르는 외국인 관광객의 호기심을 크게 자극하는 것 같았다. 그래서 그런지 인파가 꽤나 몰려 있었다.

우리 같은 관계자도 오오호죠에는 함부로 들어갈 수 없으며, 다른 건물에 준비된 대기실에서 기록 담당이 태블릿을 통해 리얼타임으로 알려주고 있는 기보를 확인하는 수밖에 없다.

절 안을 얼추 둘러본 나와 아이는 이 대기실에서 대국의 양상을 지켜보기로 했다.

"자아, 대국은 어떻게 되어 가고 있지……."

나는 모니터에 표시된 화면을 제자와 함께 쳐다보면서 말했다.

"아이는 어떻게 생각해?"

"으음……."

아이는 모니터를 향해 몸을 내밀면서 현재 국면을 유심히 살폈다. "……이렇게, 이렇게, 이렇게……." 하고 말하며 몸을 희미하게 흔들고 있던 아이는 점점 장기의 세계에 몰입했다.

잠시 후, 아이는 결론을 내렸다.

"오후에 들어서 츠키요미자카 선생님이 우세해졌다고 생각해요. 동굴곰 측…… 쿠구이 선생님은 싸기가 남아 있지만, 이미 공격할 수단이 없으니까요……."

"그렇구나. 그럼 다음 수는 뭘까?"

"1사보……예요."

아이가 선택한 것은 동굴곰의 급소라고 할 수 있는 옥(玉) 정면에 다이렉트로 압력을 가하는 수다.

튼튼한 갑옷을 걸친 상대의 머리를 투구와 함께 일도양단하려는 것이다.

"흐음. 가장 강력한 수로 최단 시간에 승부를 내려는 거지?"

"예."

"30점."

"예……?"

아이는 놀란 표정으로 나를 쳐다보았다.

내가 '가장 강한 수'라고 했으면서 '30점'이라는 낮은 점수를 준 것이 의외이며, 또한 나에게 칭찬을 받지 못해서 충격을 받은 것이리라.

"단판승부라면 그게 정답이야."

나는 낮은 평가를 준 이유를 설명했다.

"하지만 이건 선승제 승부야. 이 대국에서 이기는 건 물론이고, 다음 대국에도 이겨야 타이틀을 탈취할 수 있어. 그렇다면 이 대국에서 조금이라도 더 상대방에게 대미지를 줘야 하지 않겠어?"

"대미지……?"

"마음에 상처를 입히는 거야. 쉽게는 아물지 않을 정도의 상처를 말이지."

"하, 하지만…… 사부님은 장기에는 예의가 필요하다고…… 이유 없이 상대를 괴롭히는 식으로 둬선 안 된다고……."

"그건 아마추어를 위한 지도야."

'너는 이제 아마추어가 아니야.' 라고 돌려서 말한 나는 제자에게 토너먼트에서 싸우는 『기사』의 마음가짐을 전수했다.

"프로는 쭉 같은 상대와 계속 싸우게 돼. 그렇다면 조금이라도 승률을 높일 수 있도록, 상대방이 자신을 거북하게 여기게 만드는 것 또한 프로의 기술이야. 안 그래?"

"…………."

아이는 대답하지 않았다.

순수한 이 아이라면, 방금 내 발언을 받아들이는 데 시간이 필요할 것이다.

어쩌면 받아들이지 못할지도 모른다.

하지만——.

"프로의 장기는 종이 한 장 차이로 승패가 갈려. 재능은 다들 비슷하지. 노력 또한 다들 하고 있어. 하지만 승패만은 명확하게 갈리는 곳이 바로 장기의 세계야. 종이 한 장—— 종이 한 장을 더 쌓을 수 있느냐 없느냐로 인생이 바뀌는 거지. 그걸 쌓을 각오가 되어 있지 않다면, 싸우지 않는 편이 나아."

결과는 알고 있기에…….

"……그 좋이 한 장을, 츠키요미자카 선생님은 쌓으려고 하는 건가요? 이 대국에서……."

"그래. 투표할 기회를 주지 않는 거야. 공개 대국에서 야금야금 굴욕을 주는 거지. 정신적으로 무너지든, 분노에 사로잡히든, 다음 대국에서 평상심을 잃기만 하면 이득인 거야."

쿠구이 씨의 별명은 《유린의 마치》다.

동굴곰을 짠 후에 상대방을 쥐어짜는 것이 특기이며, 장기전으로 몰아가 상대를 야금야금 유린하듯 해치우기 때문에 그렇게 불린다.

하지만 츠키요미자카 씨는 현재 《유린의 마치》를 거꾸로 유린해서, 평범한 패배의 몇십 배나 되는 굴욕을 주려고 한다.

장기와 체스는 마인드 스포츠라 불리며, 몸을 쓰는 스포츠와 결정적으로 다른 부분이 있다.

스포츠에는 지는 이유가 다양하게 존재한다.

멘탈이 영향을 끼치기도 하지만 대부분의 패인은 육체적인 면에 귀결된다. 집단경기라면 팀워크와 감독의 미스도 패인으로 여겨질 수 있다.

하지만 장기의 패인은 '자신이 약했다' 뿐이다.

자신이 약하다는 사실을 직시하게 되는 만큼, 졌을 때 느끼는 분한 감정은 지상에 존재하는 승부 중에서 가장 클 것이다.

"그렇게…… 그렇게까지 해야만 하는 건가요? 상대방의 마음에 상처를…… 낸다니……."

"그게 진검승부라는 거야. 진짜 칼을 들고 칼부림을 하는데, 무사할 수 있을 것 같아? 장기는 상대의 몸에 상처를 내지 않지만, 마음을 갈가리 찢어. 투료를 하게 하려면 상대의 마음을 꺾을 필요가 있거든."

"하, 하지만…… 저 두 사람은, 친구…… 사이죠?"

그렇다. 친구 사이다.

"그래서 서로에게 반드시 이기고 싶은 거야. 가장 친한 사이니까 말이지."

누구보다 오래, 깊이 알고 지낸 상대이기에…… 지게 되면, 상대가 자신보다 강하다고 여기며 계속 두려워해야 하는 인생이 기다리고 있다.

"그것은 공포이자, 정점을 목표로 삼는 것이 숙명인 기사에게는 자신의 존재의의를 부정하는 것이기도 해. 굴복한 야생동물은 가축에 지나지 않아."

"가……축……?"

정점을 목표로 삼는 것을 포기한다면, 편할지도 모른다.

하지만 우리는 먼 옛날에 '이기고 싶다'는 마음에서 해방되는 것을 포기하고 말았다.

이기지 못하면 아무것도 해결되지 않는다는 사실을 알고 있다.

인간의 마음속에 존재하는 거무튀튀한 욕구를 『승부』라는 말로 승화시킨 에고이스트만이, 이 세계에서 살아갈 수 있다.

그렇지 않다면, 마음은 먼 옛날에 망가지고 말 것이다.

……아니다.

우리는 옛날 옛적에 마음이 망가진 걸지도 모른다. 상대의 마음에 상처를 냈으면서, 그것을 '승부니까 괜찮다'는 식으로 긍정하는 게 오히려 이상할지도 모른다.

지금 아이가 보인 반응이 인간으로서 올바를지도 모른다.

하지만 나는 마음씨 고운 애제자를, 조금씩 바꿔 가야만 한다.

나는 이 제자를 놔준다는 생각을 할 수 없게 됐으니까——.

"기억해 둬. 자신의 옆에 선 자야말로, 가장 먼저 부숴야 하는 상대라는 걸 말이야."

"…………."

아이의 커다란 눈동자에는 다양한 감정이…… 부정의 의미에 가까운 감정이 눈물처럼 어려 있었다.

이 제자의 옆에 선 사람이라면 여초연 멤버들과 케이카 씨, 그리고 야샤진 아이다. 프로를 목표로 삼는 사저와는 존재하는 차원 자체가 다르지만, 언젠가 공식전에서 싸우게 될 것이다. 게다가 자신보다 젊은 상대가 계속 출몰할 것이다. 그들 전원을 자신에게 승리를 헌납하는 가축으로 삼아야 한다.

——좀 더 따끔하게 말을 해 주는 편이 좋을까?

순진무구한 제자를 승부라는 마굴에 빠뜨리기 위해, 나는 입을 열려고 했다.

바로 그때였다.

"적당히 어깨의 힘을 빼 준 것 같군요."

"회장님……."

소리 없이 우리 뒤에 나타난 회장이 만족감이 묻어나는 어조로 나에게 말을 건넸다.

참고로 혼자가 아니라 연맹의 섭외 담당이 함께 하고 있었다.

"수고했어요, 용왕. 대체 뭘 어떻게 하면, 오전과는 완전히 딴판인 장기를 두게 할 수 있는 거죠?"

회장은 츠키요미자카 씨에 대한 이야기를 하는 것 같았다.

"으음? 딱히 아무것도…… 이야기만 좀 했을 뿐이에요."

혹시 아이가 기모노를 잘 입혀 줬기 때문일까?

"오호라……. 가볍게 이야기만 나눴을 뿐인데 기력이 좋아지다니, 역시 단기간에 여류기사를 두 명이나 키울 만큼 유능한 스승답군요."

회장은 감탄한 것처럼 몇 번이나 고개를 끄덕였다.

이렇게 칭찬을 들으니, 내가 지도자로서 엄청난 재능을 지니고 있는 것 같은 느낌이 드네…….

뭐, 내 두 제자가 엄청난 재능을 지녔을 뿐이지만 말이야.

"그런데 내일 제3국은 어떻게 할 거죠?"

이제 와서 역전하기는 어렵다.

대국자를 비롯해, 모든 사람이 그것을 확신하고 있다.

보도진 또한 종국에 맞춰 원고를 쓰고 있으며, 행사 관계자들도 제3국 준비에 착수하려 하고 있었다.

나는 잠시 생각에 잠긴 후, 회장의 질문에 답했다.

"으음, 가능하면 관전하고 싶기는 하네요."

"그럼 저희가 숙박하는 호텔에 방을 준비하도록 하죠. 그 대신, 히나츠루 양과 함께 보드 해설을 도와줬으면 합니다."

"예. 물론이죠."

현지를 찾은 기사가 타이틀전의 이벤트를 돕는 것은 반쯤 의무나 다름없다.

오사카는 가까우니 돌아갔다 다시 올 수 있지만, 아이가 타이틀전의 분위기를 맛보게 하려면 역시 이곳에 숙박하게 하는 것이 가장 바람직하리라.

"아이도 묵고 싶지?"

"예? 저, 저기……."

아이는 대답하지 못했다.

아직 대국이 이어지고 있는데 끝난 후의 일을…… 칸사이에서 신세를 지고 있는 쿠구이 씨의 패배를 기정사실로 여기며 이야기를 주고받는 우리에게 반발에 가까운 감정을 느끼고 있는 걸지도 모른다.

하지만 『감정』과 『승부』는 별개다.

이 두 가지는 반드시 따로 생각해야만 한다.

그 정도로 승부의 세계는 혹독한 것이다. 이 분위기를 당연시할 수 있게 되지 않는 한, 타이틀은 절대 잡을 수 없다.

"아이. 어떻게 하겠어? 혼자 돌아갈래?"

"……아뇨. 저도 사부님과 함께할래요……."

아이가 쥐어짠 듯한 목소리로 그렇게 말한 직후…….

"졌습니다."

쿠구이 마치 산성앵화── 투료.

1승1패가 되면서, 승부는 원점으로 돌아갔다.

"그럼 기자회견을 시작하겠습니다."

대국이 끝난 후.

보통은 감상전을 가지지만, 이 산성앵화전은 별실로 이동해서 이 지방 언론 매체를 위한 기자회견을 우선 가진다.

나와 아이도 후학을 위해 구석에서 상황을 견학하기로 했다.

매스컴 관계자들이 모인 가운데, 교토시 홍보 담당자가 대표로 질문을 던졌다.

"우선 이번 대국에서 승리하신 도전자, 츠키요미자카 료 여류 옥장의 말씀을 듣겠습니다. 축하드립니다."

『고마워.』

"그야말로 쾌승. 그만한 대국 내용이었다고 봅니다만……."

『그랬죠.』

"제1국과는 완전히 딴판인…… 아니, 오전과 오후가 사람이 달라진 것처럼 느껴질 만큼 극적으로 변화했습니다만, 그 이유를 설명 부탁드려도 될까요?"

『……커닝이라도 했다는 소리야?』

"아뇨, 그런 건 아닙니다. 하지만 휴식 도중에 어떤 식으로 기분 전환을 했는지 구체적으로 알려주셨으면 하는 것뿐입니다."

『남자를 불렀어.』

"…………예?"

『안 들렸어? 남자를 불러가지고 기분 전환을 했다고. 밥도 더럽게 맛없는데, 그런 식으로라도 기분을 풀어야 할 거 아냐?』

술렁술렁술렁…….

상상을 초월할 정도로 품위 없는 대답이었기 때문일까, 이 자리에 모인 매스컴 관계자들이 술렁댔을 뿐만 아니라 연맹 관계자들의 얼굴도 새파랗게 질렸다.

『마침 쓰레기 자식── 쿠즈류 야이치 용왕이 제자인 초등학생을 데리고 놀러 왔거든. 그래서 셋이서 놀았어. 아, 맞다. 참고로 쓰레기의 제자는 초등학생인데 기모노를 잘 입히더란 말이지. 그래서 내일도 부탁할까 생각 중이야. 이상이야.』

나를 쳐다보며 히죽거리고 있는 츠키요미자카 씨가 순식간에 말을 늘어놓았다.

확실히 거짓말은 하나도 섞이지 않았다.

츠키요미자카 씨는 나에게 '즐겁게 해달라.' 고 말했으며, 나또한 그 요청에 최선을 다해 응하기 위해 비장의 이야깃거리를 들려줬다. 그런 이야기를 나누며 셋이서 즐거운 시간을 보낸 것도 틀림없다.

그리고, 아이가 츠키요미자카 씨에게 기모노를 입혀 준 것도 엄연한 사실이다.

하지만 저런 식으로 말하면…… 우리가 셋이서 츠키요미자카 씨의 기모노가 흐트러질 짓을 했다고 받아들일 수도 있잖아!!

"……아이. 정원에 가서 놀고 있어."

"예?"

아이는 영문을 모르겠다는 표정을 지으면서도 순순히 이 방에서 나갔다.

이 틈에 대피시키지 않았다간, 인터뷰 종료 후에 매스컴의 희생양이 될 테니까 말이야……. 게다가 저 애는 솔직하게 전부 이야기할 거라고……. 오해가 오해를 부르면서 이러지도 저러지도 못하는 상황이 벌어지겠지…….

"그, 그럼 다음은…… 쿠구이 산성앵화께 인터뷰를 부탁드립니다."

위험을 감지한 연맹 섭외 담당이 화제를 급히 전환하자, 교토시의 홍보 담당도 헛기침을 하면서 질문을 던졌다.

"이번 대국은 아쉬운 결과였을 거라 생각합니다."

『서반에는 나쁘지 않았지만, 중반부터 무너지기 시작했습니대이.』

"특기인 동굴곰을 활용할 수 없는 상황으로 전개됐죠."

『그런 식으로 두면, 저는 두 손 두 발 다 들 수밖에 없습니다. 상대가 잘 됐다고 생각하며 마음을 굳게 먹을 수밖에 없지예.』

"다음 대국은 타이틀의 향방이 걸린 중요한 결전입니다만, 자신은 있으신지요?"

『지금까지의 대전 성적으로 볼 때, 실력은 팽팽합니다. 그럼홈 어드밴티지가 있는 제가 유리하겠지예. 공개 대국인 만큼, 관전해 주시는 여러분의 응원을 에너지 삼아 실력 이상의 힘을 발휘해 보겠습니다.』

"응원하는 교토 분들에게 한 말씀 부탁드려도 되겠습니까?"

『산성앵화 타이틀은 교토 사람이 가져야 한다고 생각합니대이. 도쿄 아랫물 출신이 산성앵화가 된다면 영 풍취가 없다 아닙니꺼. 그렇게 되면 타이틀의 이름도 천초화월(浅草花月)^{아사쿠사게츠}로 바꾸는 편이 나을 거라예. 그러면 너무 번거롭지 않겠십니꺼?』

별실 안에 처음으로 웃음꽃이 피었다.

쿠구이 씨가 마지막에 농담으로 회견을 마무리 지으면서 자신의 노련함을 드러냈다. 패배의 충격에서 완벽하게 벗어났다고 드러내고 있는 것 같았다.

이 회견 분위기만 본다면…… 쿠구이 씨 마음에 상처를 입힌다는 츠키요미자카 씨의 작전은 헛수고로 끝난 것처럼 보였다.

하지만 기자회견 내내 두 대국자는 한 번도 눈을 마주치지 않았다.

"으으…… 최악의 분위기였어."

화장실을 다녀오겠다는 구실로 기자회견이 열린 방에서 빠져나온 나는 눈에 익은 사람과 복도에서 딱 마주쳤다.

"오가 씨."

"예. 오가입니다."

항상 정장 차림이던 오가 씨는 현재 화사한 기모노를 입었다.

안경도 벗고 콘택트렌즈를 끼고 있기 때문인지, 얼굴의 분위기 또한 꽤 달랐다.

© shirabii

하지만 그 시원시원한 어조만으로도, 상대가 오가 사사리 씨라는 것을 알 수 있었다.

"수고하셨어요. 기록을 맡은 건 오래간만이죠?"

"예. 긴장됐답니다."

연수생과 여류기사는 공식전의 기록 담당을 맡는 의무가 있어서, 현재 연맹 직원인 오가 씨도 기록 담당을 맡아 본 적이 있다.

하지만 오가 씨의 현역 시절과 다르게 태블릿이 도입되고, 시간 계측 방법이 기전에 따라 달라지는 등, 세세한 부분에서 진화했다.

그냥 앉아 있기만 하는 것 같지만, 기록 담당도 할 일이 많은 것이다.

게다가 공개 대국에서는 대국자가 화장실을 가기 위해 자리를 비울 수는 있어도, 기록 담당은 기본적으로 자세를 풀지 않고 쭉 앉아 있어야만 한다.

'긴장됐다'는 오가 씨의 말은 본심에서 우러나온 것이리라.

——이 고행을 내일도 해야만 한다니, 정말 안됐네…….

연수생과 여류기사라면 장기 수행도 되겠지만, 오가 씨는 이제 강해지지 않아도 된다.

나는 기분을 풀어줄 요량으로 농담을 입에 담았다.

"참, 들었어요. 회장님한테서 산성앵화전의 기록 담당을 맡아 달라는 말을 듣고 떼를 썼다면서요?"

"…………."

평소와 마찬가지로 날카롭게 반격할 줄 알았는데——.

아무 말 없이 고개를 숙인 오가 씨의 눈에 눈물이 글썽 맺히기 시작했다. 으악~!!

"죄, 죄송해요, 죄송해요, 죄송해요, 죄송해요, 죄송해요!!"

진짜로 울기 시작한 오가 씨를 허둥지둥 달래고 있을 때, 이변을 감지하고 몰려든 관계자들이 수군거리는 소리가 들렸다.

"용왕이 또 젊은 여자를 울렸어……."

"아까 기자회견에서도 점심때 도전자의 방에 가서 그렇고 그런 짓을 했다재?"

"이번에는 초등학생이 아니라 어른 여자다 아이가……. 로리콤이 아닌기가?"

"아마 다른 여자애한테 딸을 낳게 해서, 어린 여자애를 늘릴 속셈인 게 분명하대이."

"그기다!"

"아까 '가축'이 어쩌고 같은 소리를 하는 걸 들은 사람이 있다 캤다."

"그게 틀림없대이."

교토 방면에서 내 이상한 오해가 확산되고 있어?!

"오, 오가 씨! 빨리 울음을 그치세요……!"

"으으…… 훌쩍! 하지만…… 하지만……."

"회장님은 '역시 오가 씨가 곁에 없으니 아무것도 못하겠군요.'라고 했어요!"

"……에헤헤♡"

울음을 그쳤어!? 게다가 약간 귀엽네…….

그건 그렇고, 회장님 정말 좋아하네.

이 기회에 어떤 계기로 회장님을 좋아하게 됐는지 물어볼까.

"그런데 오가 씨는 회장님과 언제부터 같이 지내셨나요?"

"같, 같이 지내다뇨…… 아직 정식으로 사귀지는 않지만……♡"

"아, 그런 의미가 아니라 말이죠."

이 사람, 아직도 뇌가 핑크색으로 물든 것 같네.

"오가 씨는 사카이 9단…… 우리 사부님과 츠키미츠 회장님의 사부님이신 분의 마지막 제자죠? 그리고 사카이 9단이 돌아가시면서 회장님이 오가 씨의 후견인이 됐다는 건 알고 있어요. 입문 전부터 알고 지낸 사이인가요?"

수행 중에 스승이 사망할 경우, 정식으로 스승을 바꾸는 경우도 있지만 스승의 이름은 그대로 두고 다른 후견인을 두는 경우가 있다.

오가 씨는 후자다.

하지만 사카이 일문은 대가족이며, 회장님처럼 바쁜 사람이 후견인을 맡아준 것을 보면 분명 다른 인연이 있을 거라고 생각하는데…….

내 예상은 적중했다.

"오가의 조부께서는 회장님의—— 당시, 츠키미츠 세이이치 명인이셨던 그분의 후원회를 조직하셨어요. 지금도 그 후원회의 대표시죠."

"아, 후원회 회장이신가요."

"그 밖에도 교토의 장기보급연합회 대표, 그리고 지부장 등도 맡으신 적이 있어요. 본업은 드러그스토어 경영자지만요."

즉, 교토 아마추어 장기계의 중진이다.

이번 산성앵화전 운영에도 관여하고 있을 것이다. 그러니 츠키미츠 회장이 오가 씨에게 활약할 자리를 마련해 주고 싶다고 생각한 것도 무리는 아니다.

······뭐, 당사자는 전혀 기뻐하지 않는 것 같지만.

"그럼 옛날부터 회장님과 아는 사이였겠네요?"

"물론이죠. 오가가 태어날 때도 그 자리에 계셨어요."

그러고 보니 오가 씨가 태어날 즈음이면, 회장은 프로 기사일 뿐만 아니라 명인이었을 연령이다.

후원회 회장이라면 가족 단위로도 친분이 있을 듯하니, 그런 일도 충분히 있을 수 있다.

"그랬군요. 그래도 오가 씨는 당시 일을 기억하지 못하죠?"

"기억합니다만?"

어······?

"회장님께서 저를 처음 안아주신 날을 오가가 기억하지 못할 것 같나요? 처음 목욕했을 때의 물 온도는 잊을지 몰라도, 그분의 팔에서 느껴진 온기를 잊을 리가 없잖아요."

"아니······ 어? 태어난 순간의······ 기억이······?"

"그때, 오가는 생각했어요. '아아······ 나는 이 사람에게 안기기 위해, 이 세상에 태어났구나♡' 하고요. 그 순간부터 오가는 그분에게 인생을 바치기로 결의했답니다."

"…………."

그렇구나.

이 사람은 타고난 변태였구나.

█

"우와아……! 마치 축제라도 하는 것 같아요!"

신쿄고쿠(新京極) 상점가.

나와 아이는 카모가와 강변 둔치를 따라 펼쳐진 아케이드 상점가를 걷고 있었다.

"하하하. 축제 풍악은 들리지 않지만, 확실히 이런 분위기는 다른 데서 맛볼 수 없기는 해."

그것도 그럴 것이, 아케이드 안에도 절이 있으니까 말이다.

이렇게 정서 넘치는 아케이드 상점가 안에도 젊은 사람들이 경영하는 헌옷 가게나 멋진 카페, 그리고 애니메이트나 멜론북스 같은 오타쿠 상점이 있다. 그 덕분에 남녀노소가 모여드는 축제 느낌의 공간이 된 것이다.

일상이지만, 비일상.

현재진행형으로 역사가 차곡차곡 쌓이고 있는 장소── 그곳이 바로 교토다.

"아라시야마에서 호텔로 바로 가는 건 좀 그렇잖아. 내일은 관광할 여유가 없을 거고, 아이들은 절 같은 곳보다 이렇게 시끌벅적한 곳을 더 좋아할 것 같았거든."

"맞아요!"

나와 손을 잡은 채 인파 안을 걷고 있던 아이가 환한 얼굴로 고개를 끄덕였다.

"전부터 여기에 와 보고 싶었어요!"

"응? 여기를 알고 있었어?"

"전에 다녔던 초등학교의 6학년들이 수학여행 때 간 곳 중에서 여기와 키요미즈데라가 가장 즐거웠다고 하는 걸 들었거든요."

"그래……. 이시카와현에 쭉 살았으면, 초등학교 수학여행으로 교토에 갔을지도 모르겠네."

"아마 그랬을 거예요. 매년 수학여행지가 교토였거든요."

수학여행의 정석은 교토다.

하지만 교토 인근에 사는 인간은 다른 장소에 가게 된다.

"사부님은 수학여행 때 어디 갔나요?"

"나는 그때 오사카에 살고 있었거든. 오사카 초등학교에서는 수학여행으로 보통 이세시마에 갈걸?"

"이세…… 미에현이군요~."

"바다는 꽤 아름다웠어. 아, 그리고 스페인 마을도 갔네."

토바 수족관도 즐거웠다. 상괭이는 귀여웠지.

"수학여행으로 교토나 나라에 갈 거라고 쭉 생각했는데, 느닷없이 미에현에 간다는 말을 들으면 좀 어리둥절할 것 같아요."

"맞아. 그랬어."

나는 제자의 말을 듣고 고개를 끄덕인 후, 밝은 목소리로 이렇게 말했다.

"그럼 이번 여행은 아이가 못 가게 된 수학여행 대신이기도 하네. 즐거워?"

"예! 정말 즐거워요!"

"하지만 동급생들과 같이 가는 수학여행이 더 즐거울 거야. 장기 수행을 위해서라고 해도 전학을 하게 되어서 힘들었지?"

"그, 그렇지 않아요! 전에 다니던 초등학교의 친구들과 떨어져서 지내게 된 건 좀 쓸쓸하지만…… 미오와 같은 초등학교에 다니고 있고, 아야노와 샤를, 그리고 텐짱도 친구가 되어서…… 아이는 지금 정말 즐거워요! 이 여행도, 정말, 저어어엉말 즐겁고요!!"

아이는 단숨에 그렇게 말하더니, 곧 고개를 숙이며 작은 목소리로 덧붙이듯 말했다.

"저기………… 데이트, 하는 것 같아서……."

"응? 뭐라고 했어?"

"예엣?! 아, 아무것도 아니에요~!!"

아이는 얼굴을 새빨갛게 붉히더니, 나를 조그마한 주먹으로 때렸다.

그리고 얼버무리듯 화제를 바꿨다.

"내일 대국…… 사부님은 어떻게 될 거라고 생각하세요?"

"글쎄……."

나는 팔짱을 끼며 하늘을 올려다보았다.

"제3국은 다시 선후수를 정하니까, 미리 작전을 짜긴 어려워."

"누가 선수가 될지 모르기 때문이죠?"

"그래."

장기라는 것은 기본적으로 먼저 말을 옮길 수 있는 선수가 유리하다.

그것은 승률만 봐도 명백했다.

하지만 후수는 가위 바위 보에서 손을 늦게 낸 것처럼, 자기 취향의 전법을 정할 수 있다는 이점도 있다.

그리고 이론적으로 선수가 채용한 전법을 후수도 채용하면 모순이 발생하기 때문에, 선후수가 같은 전법을 채용하는 경우는 적다.

자신을 공략할 방법을 직접 가르쳐 주게 될 수도 있기 때문이다.

"하지만 그 두 사람이 채용할 전법은 얼추 정해져 있다고 해도 과언이 아냐. 쿠구이 씨는 선수든 후수든 동굴곰을 짤 테고, 츠키요미자카 씨는──."

"공중전……인가요?"

"응. 기본적으로는 그렇게 나올 거야."

횡보잡기와 서로 걸기(相掛)처럼, 비차(飛車)와 각행(角行)이 쉴 새 없이 날아다니며 펼치는 다이내믹하면서도 스피디한 장기가 츠키요미자카 씨의 특기다.

그런 빠른 속도로『동굴곰을 짜지 못하게 하는 것』이 바로 츠키요미자카 씨가 이제까지 펼쳐온 전략이었다.

하지만 오늘은『동굴곰을 짜게 둬도 압도할 수 있다』는 것을 증명했다.

쿠구이 씨는 궁지에 몰린 것이다.

"어떤 전법을 쓸지 모르니, 해설하기 어려울 것 같네요……."

아이는 걱정 섞인 어조로 그렇게 말했다.

"그건 그래. 뭐, 그런 상황에서도 손님을 즐겁게 해줘야 프로라고 할 수 있겠지만 말이야."

특히 칸사이의 손님은 해설 도중에 전혀 상관없는 질문을 던지기도 하며, 장기 해설보다 개그와 뒷담화 같은 것을 요구하지만——.

"맞아. 해설이라는 말을 듣고 생각난 건데……."

나는 처음으로 제자가 두는 장기의 보드 해설을 했을 때를 떠올렸다.

물론 그것은 평범한 해설과는 좀 달랐지만——.

사부님, 장군비차예요.

©shirabii

『장기 기사』.

그것이 어떤 직업인지 묻는다면, 『장기를 두는 일』이라고 대답하는 것이 가장 알기 쉬우리라.

하지만 『장기를 둔다』라고 해도, 그 내용은 다양했다.

공식전에 나가서 대국을 하는가.

누군가에게 장기를 가르치는가.

장기에는 다양한 요소가 있기 때문에, 장기 기사의 일 또한 다양하기 그지없었다.

하지만 딱 하나 공통점이 있다. 그것은 바로 장기 기사라는 직업이 성립하기 위해 필요한 것은 바로 『장기 팬』이라는 점이다.

팬이 있어야 비로소 프로가 존재한다. 그 사실만큼은 뒤집힐수 없다.

그렇다면, 기사라는 직업의 근간은 바로 『장기 팬을 늘리는 것』이라고 할 수 있으리라.

이번에는 그런 장기 기사의 근간에 관한 이야기다.

그것은……. 그렇다. 아이가 오사카에 오고 얼마 지나지 않았을 즈음의 일이다.

사저와의 고깃집 배틀이 벌어지고 며칠 후, 화창한 어느 날의 아침에 이 이야기는 시작됐다———.

○

"사부님~. 아침이에요~. 일어나세요~."

누군가가 침대에서 기분 좋게 자고 있던 나를 깨우려 했다.

──누구지……?

내 이름은 쿠즈류 야이치. 프로 기사다.

중학생 때 프로가 된 나는 고등학교에 진학하지 않았고, 지금까지 내제자로서 수행한 스승의 집에서 나와 이 아파트에서 자취를 하고 있다.

약 1년 전부터 혼자 생활하고 있지만…… 어찌 된 건지 누군가가 나를 사부님이라고 불렀다.

게다가 앳된 여자애의 목소리…… 종달새가 지저귀는 소리처럼 아름다웠다.

그래서 그 앳된 목소리는 나를 더욱 기분 좋은 잠 속으로 이끌어갔다…….

"……쿠울."

"날씨 참 좋거든요~? 장기 두기 딱 좋은 날이에요~."

"으응……."

나는 점점 머릿속이 맑아지기 시작했다.

그렇다.

나는 최근에 제자를 들였다.

게다가 어릴 적의 나처럼, 스승의 집에서 하숙을 하며 수행을 하는 내제자로 삼은 것이다.

그리고 그 제자는…… 아직 초등학생인 여자애——.

"사~부님~. 일~어~나~세~요~! 일~어~나~시~라~고~요~!"

흔들흔들.

조그마한 손으로 내 몸을 흔들어댔다.

아무래도 나를 깨우려는 것 같은데…… 힘이 부족하고, 어린 아이라 체온이 높아서 그런지 손도 딱 적당하게 따뜻해서…… 오히려 졸음이 몰려왔다…….

제자인 아이는 "영차." 소리를 내고 내 위에 올라타더니, 온몸을 이용해 흔들어대기 시작했다.

"…………5분만 더 잘래……."

"정말~! 항상 그런 소리를 늘어놓으며 늦잠을 잔다니까요~!"

예. 잘못했습니다.

……그래도 어쩔 수 없잖아. 기사의 대국은 보통 오전 10시에 시작해서 한밤중에 끝날 때가 많으니까 말이야.

그리고 아침에는 정석에 따라 두니까 잠이 덜 깬 상태라도 만회할 수 있지만, 종반의 승부처에서 졸리기 시작하면 순식간에 지고 만다.

그러니 기사가 야행성인 건 어쩔 수가 없다고……. 이건 몸이 직업에 최적화된 결과이지, 결코 게으름뱅이가 된 건…………쿠울.

"흠냐흠냐…… 에헤헤, 케이카 씨의 밥은 참 맛있네……."

"부우……."

나를 흔들던 손이 갑자기 움직임을 멈췄다.

그리고 귀엽게 발소리를 내면서 방을 나갔던 아이는 또 귀여운 발소리를 내면서 돌아왔다.

"자아, 사부님! 아침밥 다 됐거든요~?! 제자가 만든 맛있는 아침밥 좀 드세요~! 빨~리~요~!"

깡깡깡!

프라이팬을 뒤집개로 때리는 듯한 금속음이 들렸다.

아무래도 아이가 부엌에 가서 그것들을 가져온 것 같았다. 깡깡깡깡! 깡깡깡깡깡깡!

그런 일이 한동안 계속됐지만──.

"하아…… 하아…… 하아……."

"……쿠울~."

"부우우~~~!"

몸에 익은 야행성 생활습관은 어린애가 프라이팬을 두드리는 정도로 어찌 될 리가 없다.

그러자 아이는 갑자기 차가운 어조로 이렇게 말했다.

"쿠즈류 선생님. 제한시간을 다 쓰셨으니, 이제부터 1분 장기로 부탁드립니다. 오십 초~. 일, 이, 삼, 사──."

"우왓!!"

벌떡!

나는 이불을 걷어차며 벌떡 일어났다. 자, 잠이나 퍼질러 잘 때가 아니잖아!!

"이, 이제 몇 분 남았어?!"

"남은 시간은 없습니다. 칠, 팔, 구──."

제한시간에 여유가 없을 경우, 입으로 말하는 것도 착수로 인정돼!

……하지만 침대에서 굴러 떨어진 내 눈앞에는 대국 상대나 기록 담당은 고사하고, 장기판조차 존재하지 않았다.

"어? ……어라? 대국은……? 이, 1분 장기는……?"

"좋은 아침이에요♡ 사부님."

싱글벙글 웃으며 내 눈앞에 선 제자는 나를 올려다보며 귀엽게 인사를 했다.

"…………아이, 너……."

"에헤헤~♡"

나는 장난꾸러기 제자를 향해 고함을 질렀다.

"초읽기로 깨우는 건 심장이 멎어버릴 것 같으니까 하지 말라고 내가 전에 말했지?!"

"오늘은 일 때문에 장기연맹에 가야 하니까 꼭 깨우라고 말한 사람은 사부님이잖아요~! 흥흥!"

"그, 그건 그렇지만…… 다른 방법도 있잖아?"

"예를 들면요~?"

제자가 귀엽게 되묻자, 나는 졸린 머리를 쥐어짜 대답했다.

"예, 예를 들자면…… 상냥하게 흔들어 준다거나."

"해 봤어요."

그러고 보니 그랬지…….

"내 몸 위에 올라타서 흔드는 건 어때?"

"해 봤어요."

"프라이팬을 뒤집개로 두드리는 거야."

"해 봤어요."

"굿모닝 키스를 하는 건?"

"그것도 해 봤어요."

"뭐?! 했어?!"

나, 나…… 여자 초등학생에게 키스를 받은 거야?!

그런 건 범죄 아닐까……. 아니, 키스 이전에 초등학생 여아와 단둘이 동거하고 있는 상황 자체가 이미 범죄 아닐까……?

내가 두려움에 떨고 있을 때였다.

"에헤헤~! 실은 안 했어요~."

아이는 내 앞에서 한 바퀴 회전하더니, 혀를 쏙 내밀면서 그렇게 말했다.

"……그렇지?"

나는 그 말을 듣고 화를 내기보다, 일단 안심부터 했다. 여자 초등학생과의 뽀뽀는 심장에 나쁘거든…….

내가 가슴을 쓸어내리고 있을 때, 아이는 프라이팬으로 얼굴을 가리며 작은 목소리로 말했다.

"……그런 건 깨어 있을 때……."

"응? 뭐?"

"아, 아무것도 아니에요! 사부님은 모지리!!"

욕을 들었다…….

참고로 '모지리'는 아이의 고향인 이시카와현의 사투리로 '바보'나 '병신' 같은 뜻을 가진 말입니다. 범용성이 넓어서 자주 쓰인다고!

"그것보다 사부님, 오늘은 무슨 일이 있으신 거예요?"

마음이 풀린 아이는 프라이팬의 뒤편에서 얼굴을 반쯤 내밀면서 물었다.

"아······ 응."

나는 몸을 일으키면서 오늘 일정을 떠올렸다.

"잘은 모르겠지만, 높으신 분이 10시에 연맹에 오라고 했어."

"높으신 분~?"

"응. 회장님의 비서야······."

장기연맹 회장인 츠키미즈 세이이치 9단은 영세명인 자격을 지닌 위대한 기사다.

그리고 내 스승님의 사형이기도 하기 때문에, 나는 그 사람의 말을 거역할 수 없다.

그런 이의 비서인 오가 사사리 여류 초단은 은퇴 기사이기는 하지만 《숨겨진 실세》라는 별명을 지닌 권력자다. 타이틀 보유자라고는 해도 기사 2년차인 나 같은 게 거역할 수 있는 상대가 아닌 것이다.

오늘은 휴일.

아이도 도장에 장기를 두러 간다니까, 스승인 내가 집에서 노닥거리기만 해선 체면이 서지 않는다.

"······뭐, 일단 밥을 먹고 같이 연맹에 가 보자."

"예! 사부님~!"

"음."

제자가 씩씩하게 대답하자, 나는 자상하게 질문을 던졌다.

"그런데 오늘 아침 식사는 뭐야?"

"카레예요!"

"어……."

과연 나는 실신하지 않고 연맹에 도착할 수 있을 것인가……?

스릴 넘치는 아침을 맞이하게 되니 식은땀이 멎지 않는걸…….

자, 이곳은 칸사이 장기회관의 2층에 있는 도장이에요.

쿠즈류 선생님과 함께 이곳에 온 아이 양은 3층에 있는 사무국 안쪽에 있다는 이사실로 향하는 스승과 헤어진 후, 이 도장에서 친구들과 합류했죠.

『여초연』이라고 해서, 여자 초등학생 네 명이 결성한 장기 연구 그룹이에요.

아이 양과 같은 학교, 같은 반인 미즈코시 미오 양.

교토에 살고 있는 사다토 아야노 양.

여초연에서 가장 어리고 프랑스 사람인 샤를로트 이조아드 양.

쿠즈류 선생님의 방에서 합숙을 하기도 하는 이 사이 좋은 4인 조는 여자 초등학생이지만 장기 실력이 상당하답니다.

오늘도 이 도장에서 실컷 장기를 뒀어요.

그리고 장기에 살짝 질렸을 즈음…….

"장기 끝말잇기~."

미오 양이 게임의 시작을 선언하자…….

""예이~.""

다른 세 사람도 즐거운 듯한 어조로 그렇게 말했다.

『장기 끝말잇기』── 그것은 장기와 관련된 용어만으로 하는 끝말잇기예요.

그 점 이외에는 평범한 끝말잇기와 동일……한 것 같지만, 플레이어는 장기로 단련된 대국관과 수읽기의 힘을 발휘하기 때문에, 매우 고도의 대결이 펼쳐져요!

미오 양이 그 싸움의 시작을 알렸다.

"장기!"

장기 끝말잇기의 첫수는 『장기』.

이것은 첫수 7육보에 버금갈 만큼 정석화되어 있는 수순이에요(물론 이 첫수를 벗어날 때도 있지만, 그럴 경우에는 상대의 응수를 예측할 수 없기 때문에 자신의 다음 수도 정하기 어렵다는 단점이 존재해요).

"기! 으음, 『옥』!"

아이 양은 거의 노타임으로 대답했어요.

"옥, 옥, 옥……『위치잡기』!"

미오 양이 정석에서 벗어난 단어를 말했어요. 장기로 치면 벌써부터 보(步)가 맞부딪치며 본격적인 싸움을 시작한 것에 가깝다고나 할까요.

"기? 기…… 으음, 으음……."

아이 양은 깊은 생각에 잠기려 했지만──.

"10초~."

"어?! 시간제한이 있는 거야?!"

"30초 장기 끝말잇기거든."

미오 양은 무정하게도 초읽기를 시작했어요.

그러자 아이 양은 더욱 당황했죠.

시간이 쫓긴 아이 양에게, 아야노 양이 옆에서 몰래 조언을 해 줬어요.

"아이 양, 사부님. 사부님을 떠올려 봐요."

"앗, 『용왕』!! 용왕의, 왕!"

"타보외통~."

"메리켄 맞비차!"

"차? 으음~…… 웅크리기 망루!"

"어~? 그게 뭐야? 진짜로 있는 거야?"

"응. 국수(鞠水) 망루를 말해."

미오 양과 아이 양의 응수를 듣고 있던 샤를 양이 아야노 양의 소매를 잡아당기며 물었다.

"꾹쑤 망누~?"

"8팔은, 7칠계에서, 옥을 8구로 둘러싸는 망루예요."

"오오~?"

아직 급위자이며 일본어도 완벽하게 마스터 못한 샤를 양은 수순을 부호로 말해 주자 고개를 갸웃거렸어요.

한편, 생각에 잠겨 있던 아이 양은…….

"망루, 라, 라…… 어어~? 라로 시작하는 게 있어~?"

체념하려던 바로 그때, 미오 양이 힌트를 줬어요.

"있어. 도장. 도~장~."

"어어?"

"기사 선생님이 사인을 한 후에 찍는 거 말이야~."

"…………응?"

아이 양은 자택에서 자신의 스승이 색지에 사인을 하는 모습을 상상했어요. 아, 일을 하는 사부님은 정말 멋져…… 같은 생각을 하고 있을 때, 불현듯 답이 떠올랐답니다.

"앗! 낙관!"

"자아, 받침으로 끝나는 말을 했으니까 아이가 졌어~."

미오 양이 그렇게 말하자, 그제야 자신이 함정에 빠졌다는 사실을 깨달은 아이 양이 분노를 터뜨렸어요.

"……아아~!! 미오는 약았어~! 그건 유도심문이야~!"

"므흐흐. 승부의 세계는 혹독한 법이야, 히나츠루 연수생."

"그렇구나~. 여류기사가 되는 건 힘드네…….."

아이 양은 장기계에 들어온 지 얼마 안 됐어요.

아직 배워야 할 게 많은 것 같네요.

아야노 양이 위로하듯 이렇게 말했어요.

"장기 실력과 끝말잇기 실력은 별개라고 생각하지만 확실히 어떤 게임에서도 지는 버릇을 들이는 건 좋지 않죠."

"맞아! 미오도 사부님한테서 '어디서든 1등을 해!' 같은 말을 자주 들어!"

"미오 양은 급식 먹는 것도 반에서 1등이잖아."

아이 양이 미소를 지으며 그렇게 말하자, 미오 양은 한순간 기뻐했어요. 하지만 곧 표정이 흐려졌죠.

"하지만 장기는 흥분해서 서둘러 두다 보면, 마지막에 실수를 해서 진다니깐~. 아이나 아야농처럼 차분하게 둬야 승률이 올라갈 거야……."

"장기는 역전의 게임이니까요."

아야노 양은 항상 의미가 함축된 말을 해요.

그러자 아이는 가라앉은 듯한 목소리로 말했어요.

"나, 얼마 전에 사부님과 두다가 마지막에 가서 한 수 외통을 놓친 바람에 졌어……."

"돈사(頓死)다!"

"똔싸~!"

미오 양이 기쁜 듯한 어조로 그렇게 외치자, 샤를 양도 흉내를 냈어요.

아이 양은 가슴에 손을 대더니…….

"이길 것 같으면 가슴이 뛰어서 평상심을 유지할 수가 없다니깐……."

"그것보다~."

미오 양은 아이 양의 얼굴을 올려다보며 말했어요.

"아이 양은 쿠즈류 선생님과 장기판을 두고 마주 앉기만 해도 가슴이 뛰지?"

"그, 그렇지 않아~! ……요즘에는, 좀 익숙해졌어…….."

"그러고 보니 쿠즈류 선생님은 오늘 무슨 일 때문에 연맹에 오신 거야? 대국이나 연구회 때문은 아니지?"

"그게, 사부님도 모르는 것 같았어……. 으음, 회장님 비서? 라는 사람이 불렀다던데…….."

느닷없이 '회장님'이라는 단어가 나오자, 아야노 양과 미오 양은 걱정스러운 투로 말했어요.

"혹시 나쁜 짓이라도 한 건가요?"

"어쩌면 아이와 한집에서 살고 있는 게 문제가 된 건 아닐까?"

"뭐어?! 그, 그건 곤란해!"

아이 양의 얼굴이 새파랗게 질리자, 미오 양은 히죽거리면서 더욱 궁지에 몰았어요.

"하지만 잘 생각해 보니 그건 동거잖아?"

샤를 양이 고개를 갸웃거렸어요.

"똥꺼~?"

"결혼하지 않은 남녀가 한집에서 사는 걸 말해요."

아야노 양이 그렇게 말하자, 아이 양은 얼굴을 더 붉혔어요.

"내, 내제자야~! 동거, 같은 건………… 으으~♡"

"그래그래. 말 안 해도 알겠으니까 그냥 넘어가자."

처음 만난 지 몇 주밖에 안 됐지만, 미오 양은 아이 양의 성격에 익숙해졌는지 대충 흘려 넘겼어요.

한편, 아야노 양은 차분한 목소리로 이렇게 말했다.

"농담은 그만하기로 하고, 진짜로 무슨 일인 걸까요?"

"일 의뢰 아닐까? 용왕이 되면 타이틀전의 보드 해설이나 TV 해설 같은 것도 하잖아?"

"명인전 해설은 이미 해설자가 전부 발표됐어요."

"그럼 곧 시작될 마이나비 여왕전 해설을 맡는 걸 거야! 현재 여왕님은 쿠즈류 선생님의 사저잖아? 누구보다 자세하게 설명할 수 있을 거야."

"그건 그래요. 10년 동안 한 지붕 아래에서 살았으니까, 분명 둘만의 비밀스러운 에피소드도 잔뜩 있을 거예요."

"용왕과 여왕이라면 잘 어울리는 한 쌍이네~."

"맞아요!"

아야노 양은 고개를 끄덕인 후, 옆에서 삐친 듯한 표정을 짓고 있는 아이 양에게 질문을 던졌어요.

"그런데 아이 양. 왜 아까부터 언짢은 표정을 짓는 건가요?"

"언짢지 않아. 기분 하나도 나쁘지 않거든?!"

아이 양은 볼을 떡처럼 한껏 부풀리더니, 날카로운 어조로 부정했어요.

바로 그때, 미오 양이 최후의 일격을 날렸어요.

"그러고 보니 아이가 오사카에 온 날, 장기회관 1층에 있는 레스토랑에서 그 두 사람이 함께 식사하는 걸 봤어. 사이가 좋아 보였다니깐~."

"……사부님은 모지리……."

아이 양은 점점 더 기분이 나빠지고 있군요.

그리고 최악의 타이밍에, 쿠즈류 선생님이 도장에 왔답니다.

◠

"내가 뭐?"

이사실에서 이야기를 마치고 도장에 와보니, 제자와 제자의 친구들이 심각한 표정으로 이야기를 나누고 있었다.

나에 대해 이야기를 하는 것 같은데……?

"싸뿌~!"

환한 목소리로 그렇게 말하며 내 다리를 잡고 기어 올라오려고 한 이는 바로 가장 어린 샤를 양이었다.

"어어?! 아, 아무것도 아니에요! 진짜로 아무 일도 아니거든요?!"

잘 모르겠지만, 아이는 허둥지둥 필사적으로 부정했다.

뭐야? 왜 저렇게 필사적인 거지?

"……뭐, 좋아."

"싸뿌, 아나줘~."

"그래그래. 영차……."

나는 안아달라고 조르는 샤를 양을 양손으로 안아줬다.

"꼬옥~♡"

샤를 양은 내 목에 조그마한 팔을 두르더니, 볼을 비볐다.

부드럽고 정말 따뜻했다. 어린애는 참 좋네……♡

아, 아차! 이러고 있을 때가 아니지.

나는 이사실에서 받은 실현 불가 미션을 수행해야 하니까——.

"으음, 미오 양과 아야노 양도 있구나. 두 사람 다 잠시 나 좀 볼래?"

"앗, 예!"

"예."

아이와 동갑인 두 여자애가 등을 꼿꼿이 세우면서 대답했다. 두 사람 다 연수생으로서 장기 수행을 시작하고 있기에 나를 선생으로 여기며 존경하고 있다.

"샤우도 이떠~."

"그래~. 그럼 샤를 양도 같이 내 말을 들어줄래?"

"응!"

나는 샤를 양을 바닥에 내려놓은 후, 여초연 멤버 네 사람과 시선을 마주했다.

아이가 대표로 나에게 물었다.

"사부님. 비서분이 어떤 용건으로 사부님을 부른 건가요?"

"아, 그게 말이지……."

나는 가볍게 헛기침을 하며 잠시 뜸을 들인 후──.

"너희가…… 여초생 장기 아이돌이 되어 줬으면 해!"

……하고, 말했다.

"""여초생…… 장기 아이돌~?"""

아니나 다를까, 다들 처음 들어보는 불가사의한 전법을 이해하기 위해 필사적인 표정을…… 뭐, 간단히 말해 '영문을 모르겠는데요?' 라고 말하는 듯한 표정을 짓고 있었다.

아이는 약간 차가운 표정을 지으며 말했다.

"사부님. 그게 뭔가요?"

"그게…… 나도 아직 이해하지 못한 부분이 있긴 한데……."

아까 이사실에서 오가 씨가 설명해 준, 경악스러운 플랜.

그것을 여자 초등학생도 알 수 있도록 설명해야만 한다.

나조차 아직 완전히 이해하지는 못했는데…….

"……요즘 장기가 붐이라는 건 다들 알지?"

"으음~ 기사 선생님들이 TV에 자주 나오기는 해요."

미오 양이 활발한 어조로 그렇게 말하자, 총명한 아야노 양이
덧붙이듯 말했다.

" '보는 장기 팬' 이 늘었다는 이야기는 들은 적이 있어요."

아이는 그 말을 듣고 고개를 갸웃거렸다.

장기를 시작한 지 겨우 넉 달밖에 안 된 아이는 이런 말이 귀에
익지 않을 것이다.

"보는 장기 팬?"

"자기가 장기를 두지는 않고, 프로나 여류기사가 두는 장기를
보거나 기사들을 응원하는 것을 즐기는 팬을 말해요. 스포츠 관
전과 마찬가지로 장기를 즐기는 사람들인데, 『보는 팬』이라고
줄여서 부르기도 해요."

"어?! 장기는 직접 두며 즐기는 거 아니었어?"

"보고 있으면 두고 싶어지잖아."

아이는 놀랐고, 미오 양은 그 의견에 동의했다.

이 두 사람은 전형적인 플레이어 타입…… '두는 장기 팬'이니까, 이런 반응을 보이는 게 당연했다.

프로 기사도 '장기를 안 두는 팬'을 전적으로 긍정하는 타입은 얼마 안 되며, 장기는 두면서 즐기는 거라 생각하는 사람이 많지만——.

"그런 사람들만 있는 게 아니라는 것을 신규 유입된 팬들이 증명하고 있어요."

"아야노 양이 방금 말한 것처럼, 요즘 들어서는 새로운 방식으로 장기를 즐기는 사람들이 늘어나고 있어."

나는 손가락을 접으면서 설명했다.

"인터넷 중계로 타이틀전을 하루 종일 중계할 수 있게 됐고, 스마트폰 장기 게임도 나오는 데다, 장기 만화에 장기 라이트노벨까지——."

"샤우도, 마냐로 짱끼 배워써~."

그렇다.

프랑스인인 샤를 양은 『NARUTO』라는 만화로 장기에 흥미를 가지게 됐다. 장기를 접하게 되는 계기는 프로의 대국보다 그런 일상에서 흔히 접할 수 있는 것들이 많으리라.

이를테면 『*히카루의 바둑』 같은 만화가 애니메이션이 되어서, 그걸 본 세대는 장기 룰보다 바둑 룰을 잘 아는 사람이 많거나 한다.

아야노 양이 말했다.

---

* 홋타 유미가 원작을 맡고, 오바타 타케시가 그린 만화. 국내판 제목은 「고스트 바둑왕」.

"샤를 양처럼 해외에서 장기를 익히는 애도 늘어난 것 같아요. 전 세계적인 장기 붐이 일고 있네요!"

그렇다.

예전과 다르게, 현재 장기계는 경기가 좋다.

한때는 컴퓨터 게임에 밀렸지만, 요즘에는 장기가 교육에 좋다며 화제가 되면서 어린이 교실도 활성화됐다.

그 원동력은 바로 오랫동안 정상에서 군림하고 있는 바로 그 명인이다.

그리고, 《나니와의 백설공주》나 《공세의 대천사》처럼, 개성적이며 외모도 뛰어난 여류기사가 인기를 얻고 있는 점도 큰 요인이라 할 수 있을 것이다.

"하지만 칸토 쪽은 그 영향으로 일거리가 늘어나고 있지만, 칸사이 기사는 그 붐을 타지 못하고 있다는 게 칸사이 본부 쪽 높으신 분들의 고민거리야."

이쯤에서 설명을 하겠다.

장기연맹은 하나의 조직이지만, 장기회관은 동서에 하나씩, 두 군데가 있다.

도쿄 센다가야에 있는 장기회관과 이곳 오사카 후쿠시마에 있는 칸사이 장기회관이다.

기사는 그중 한 곳을 메인 대국장으로 삼아야 한다.

도쿄를 주전장으로 삼으면 『칸토』 소속이 되며, 오사카를 주전장으로 삼으면 『칸사이』 소속이 된다. 나는 물론 칸사이 소속이다.

하지만 신문사와 방송국은 대부분 도쿄에 있기 때문에 그런 매스미디어에서도 칸토의 기사들을 섭외한다.

결국 유명해지는 건 칸토의 기사들이며, 그런 유명인과 만나고 싶어 할 뿐인 유행한 편승한 팬은 칸토의 장기회관이나 이벤트에만 가는 것이다……

"확실히 오늘도 도장 손님은 그렇게 많지 않았어. 우리가 장기 끝말잇기를 하는데도 화내는 사람이 없었다니깐."

미오가 도장을 둘러보면서 그렇게 말했다.

아이는 고개를 갸웃거리며 입을 열었다.

"하지만 사부님. 그런데 왜 저희가 아이돌이 되어야 해요?"

"간단하게 말해, 칸사이에서도 장기 붐을 일으키고 싶은 거야. 그 기폭제 삼아 초등학생 여아들로 여류기사를 꿈꾸는 장기 아이돌 그룹을 만드는 게 상층부의 의향이래."

"흐음……"

내 제자는 전혀 감이 오지 않는 것 같았다.

실은 나도 영문을 모르겠지만, 그런 티를 낼 수는 없다. 나는 나 자신을 설득하는 심정으로 말을 이었다.

"귀여운 여자애가 장기를 둔다고 유명해지면, 그런 여자애를 보려고 도장에 오는 사람이 있을지도 모르잖아? 방송국과 잡지에서 취재도 잔뜩 온다면, 장기 홍보도 될 거야!"

"결국 호객용 판다네!"

"좀 안이한 생각 같아요."

미오 양과 아야노 양은 순식간에 모든 것을 간파했다.

요즘 초등학생은 참 똑똑하네…….

"…………상부의 결정이라 어쩔 수 없어. 부탁할게…….."

나는 쥐어짠 듯한 목소리로 말했다.

이사실에서의 논의…… 아니, 그것은 논의가 아니다. 일방적인 명령이었다.

《숨겨진 실세》라 불리며 두려움의 대상이 되고 있는 오가 씨는 연맹의 빛과 어둠을 전부 파악하고 있다.

오랫동안 모아온 비밀을 가지고 협박하면, 누구도 그 사람에게 거역할 수 없다…….

내가 공포에 빠진 가운데, 여자 초등학생들은 느긋하게 어조로 대답했다.

"뭐, 여류기사가 목표인 건 지금도 마찬가지잖아? 좋네! 한번 해 보자!"

"저는 괜찮을 것 같아요."

"저도, 사부님이 하라고 명령하신다면…….."

"샤우, 아이도우 하래~!"

"고마워……! 다들 고마워……!"

진짜 눈물이 나네요.

감격한 나머지 머릿속이 굳어버린 나를 대신해, 미오 양이 이야기를 이어 나갔다.

"그럼 우선 그걸 정하자!"

"뭘 정해요?"

아야노 양이 고개를 갸웃거리자, 미오 양은 당연한 소리를 하듯 이렇게 대답했다.

"그룹 이름 말이야, 그룹 이름! 그걸 정해야 본격적으로 시작할 수 있지 않겠어?! 샤를도 그렇게 생각하지?"

"응!"

미오 양은 샤를 양과 시선을 마주하며 함께 고개를 끄덕이더니, 반짝거리는 눈으로 나를 쳐다보며 물었다.

"쿠쭈류 선생님! 우리 그룹의 이름은 정했나요?!"

"그, 그게…… 일단 정해지기는 했는데……."

나는 말을 잇지 못했다.

이사실에서 그 그룹 이름을 들은 순간, 이 애들이 의욕을 잃지 않을까 걱정됐다.

아이는 다소 불안한 목소리로 말했다.

"역시 『SOG81(에스오지 에이티원)』 같은 건가요?!"

"으음…… 그것보다 좀 더 격조가 있는 느낌이야."

"격조……? 아! 그럼 『GOD8사보(지오디 팔사보)』겠네요?!"

"아니, 그런 의미가 아니라──."

확실히 후수가 첫수로 두는 8사보는 『제왕의 수』라 불리며, 격조가 높다고 여겨진다. GOD에 관해서는 노코멘트하겠다.

뭐, 애초에 '격조'라는 개념 자체가 매우 추상적이라고나 할까, 장기계에서 어떤 수가 격조 높은지를 설명하려면 페이지를 엄청 잡아먹을 테니 그 이야기는 생략하도록 하겠다.

"그럼 『각교환 사간비차 마스터 부대』 같은 건가요?"

"『앉은비차파와 미즈코시 미오와 친구들』 같은 거라든가요!"

"조, 좀 더······ 칸사이와 관련이 있는 이름이야."

몰이비차파인 아야노 양과 앉은비차파인 미오 양이 각자가 좋아하는 그룹 이름을 주장했지만, 유감스럽게도 둘 다 아니다.

키워드는 『칸사이』다.

샤를 양은 이 수수께끼의 힌트를 요구하듯, 내 옷을 잡아당겼다.

"깐사이~?"

"장기와 관련이 있고~ 격조가 높고~ 칸사이와도 관련이 있는 그룹 이름? 으음······."

미오 양이 고개를 너무 기울인 바람에 머리핀 같아졌다.

바로 그때였다.

아이가 작은 목소리로 뭐라고 중얼거렸다.

"············키라릿 ● ······."

""어이!""

죽고 싶은 거야?!

"으윽?! 제, 제가 이상한 소리를 했나요?"

"잘은 모르겠지만, 왠지 딴죽을 날려야만 할 것 같은 느낌이 들었어요!"

칸사이 장기계의 역사 속에 잠들어 있는 *전설의 그룹을 언급하려던 아이를 향해, 우리 모두가 반사적으로 딴죽을 날렸다.

"하아~ 정말~ 쿠쭈류 선생님! 어떤 이름인가요?! 가르쳐 주세요!"

---

* 키라릿코(ギラリっ娘) : 어류기사 3명으로 구성된 아이돌 유닛의 이름. 2010년에 활동 종료.

미오 양은 인내심이 바닥난 것 같았다.

하긴, 더 끌어봤자 의미가 없겠지.

"……너희의 그룹 이름은……."

""두근두근……!""

여자 초등학생들의 시선을 한 몸에 받으며, 나는 말했다.

"……『나니와스지 장기대로』입니다!"

아이는 얼이 나간 듯한 어조로 말했다.

"어……?"

으음.

나도 같은 반응을 보였지.

"나니와스지……면, 이 장기회관 앞의 도로지?"

"그리고 『스지』는 『대로』라는 의미를 가지고 있잖아요."

미오 양과 아야노 양도 감이 오지 않는 듯한 반응을 보였다. 샤를 양은 이 말의 의미를 이해하지 못한 건지 아무 말도 하지 않았다.

아이는 굳은 목소리로 물었다.

"사부님. 왜 그런 이름인 건가요?"

"……상부의 결정이야."

나도 이 그룹 이름에는 문제가 많다고 생각하거든?

그래도 어쩔 수 없잖아! 이 그룹 이름으로 하라는 걸 어쩌냐고!

"우는 애와 권력에는 저항할 수 없으니까요!"

미오 양이 진리를 입에 담았다.

"뭐, 여러모로 생각하는 바가 있기는 하지만…… 그래도! 칸사이 장기계를 위해 다 같이 힘내자~!"

""오오~!""

음!

아이돌 활동에 있어서, 수중에 딴 말은 하나도 없는 상황이지만…… 전진이 불가능한 말은 없다. 다 같이 힘을 합치면 어떻게든 될 것이다!

나는 다른 이들에게 물었다.

"그런데 너희는 특기 같은 건 없니?"

"장기."

"장기."

"장기예요."

"응. 그렇구나. 하긴, 그럴 거야."

시간만 나면 장기만 두니까 말이지.

"샤우, 모리삐짜도 둘 쭐 알아~."

"응, 대단하네. 하지만 그것도 장기거든?"

"어~?"

샤를 양은 혼신의 자기 PR이 효력을 발휘하지 못한 탓에 약간 아쉬운 것 같았다.

바로 그때였다.

"사부님……."

아이가 궁지에 몰린 듯한 표정으로 고백을 했다.

"저, 실은…… 흉내를 잘 내요!"

"호오!"

이 애한테 그런 특기가 있을 줄이야! 의외네!

"오오! 역시 온천 여관의 외동딸!"

"아이 양의 성대모사! 재미있을 것! 같아요!"

미오 양과 아야노 양이 손뼉을 치기 시작했다.

미오 양이 방금 말했다시피, 아이는 온천 여관의 외동딸이자, 장래의 여주인 후보다. 그리고 어머니인 현 여주인은 아이를 자신의 후계자로서 엄격하게 길렀다.

뭔가 어마어마한 장기를 익혔을 가능성이 컸다……!

"그럼…… 어험. 해 볼게~!"

"""예이~!"""

아이는 가볍게 헛기침을 하며 텐션을 끌어올렸다. 우리는 아이보다 더 텐션을 높이며 호응했다.

"할게요~!"

"""예이~!"""

"『장기 워즈』 흉내, 해 볼게요~!"

"""예이~!"""

"께싸기~!"

""".......""

찬물이라도 뒤집어쓴 것처럼, 보는 모두가 할 말을 잃었다.

『게싸기』를 말한 거겠지…… 그야 그런 연출이 있긴 한데…….

"어떤가요~?"

머리 위에 가위 모양으로 만든 손 두 개를 얹으며 게 포즈를 취하며 그렇게 묻는 제자(꽤 자신감이 넘치는 것 같다)의 흉내를, 나는 엄격하게 채점했다.

"귀엽네! 만점!!"

"꺄아♡ 사부님, 사랑해요~."

"하하하. 오늘 일이 끝나고 나면 도톤보리에 게 먹으러 갈까!"

"께~!"

우리 집 게는 참 귀엽네. 확 먹어버리고 싶은걸.

"샤우, 떨께 머꼬시퍼~!"

샤를 양도 게 포즈를 취하며 나에게 찰싹 달라붙었다. 어이어이. 나, 파산하는 거 아냐? 뭐, 그래도 귀여우니까 털게 사줘야지!

아야노 양과 미오 양은 차가운 어조로 말했다.

"사제지간 만담은 그만해요. 그것보다, 진짜로 아이돌을 할 거면 장기 이외의 특기가 필요할 거라고 생각해요."

"맞아. 진지하게 하는 거야."

"어?! 나, 나, 방금 진짜 진지하게……."

아이는 충격을 받았다. 레퍼토리를 늘릴 필요가 있을 것 같다.

　자, 어떻게 아이돌 활동을 할 것인가?

그 점에 대해서는 다양한 의견이 나왔다.

하지만 유감스럽게도 우리는 장기 말고 다른 것을 해 본 적이 없다. 머릿속의 99퍼센트 정도를 장기를 위해 쓰고 있기에, 이제 와서 다른 걸 생각하는 것 자체가 어려운 것이다.

웬만한 의견이 다 나왔을 즈음…….

"역시~ 어떻게 해야 아이돌이 될 수 있을지는 진짜 아이돌에게 배우는 편이 가장 손쉬울 거라고 미오는 생각해~."

어린애답게 빨리 질려버린 듯한 미오가 그렇게 말했다.

훗훗훗…….

나는 수읽기가 직업인 장기꾼이다.

이런 사태가 벌어질 것이라는 점은 예측하고 있었다.

그리고 이 상황을 타개할 비책 또한 미리 준비해뒀던 것이다……! 지금까지의 논의는 그걸 위해 시간을 버는 행위에 지나지 않았다……!!

"그런 『나니와스지 장기대로』 여러분을 위해, 오늘은 특별 강사를 초청했습니다!"

""오오!""

"장기계의 아이돌하면 바로 이 사람!"

나는 도장 입구를 손가락으로 가리키며, 방금 '도착했어' 라는 LINE을 나에게 보낸 인물이 등장할 타이밍에 이렇게 외쳤다.

"《나니와의 백설공주》, 소라 긴코 여류2관입니다! 사저, 어서 오세요~!"

"…………안녕."

사저가 굿 타이밍에 등장했다.

우리의 텐션을 따라올 수가 없는지, 약간 당황한 눈치였다. 하긴, 용건도 말하지 않고 불렀으니까 저러는 것도 당연해.

"여왕님, 등장~!"

"진짜예요! 진짜 장기 아이돌이에요!"

여자 초등학생들의 흥분은 순식간에 MAX에 이르렀다.

미오 양과 아야노 양은 동경하는 여류 2관을 만나서 기뻐하고 있었다.

그렇게 늘어져 있던 분위기를, 모습을 드러낸 것만으로 이렇게 바꾸다니……!

"역시 사저! 역시 나니와의 백설공주! 등장한 것만으로 장기 여초생들의 마음을 사로잡았잖아요!"

사저는 부채로 얼굴을 반쯤 가리며 말했다.

"……나는 딱히, 자기가 백설공주이나 아이돌 같은 거라고 생각한 적이 한 번도 없는데……."

"다들 들었어?! 이거야, 이거! 소라 선생님은 아이돌이란 직접 뭔가를 하지 않아도 주위에서 멋대로 띄워주는 거라고 말씀하신 거라고! 이야~ 역시 진짜는 다르네~ 진짜는 격이 다르다고~."

"열 받아서 그러는데 돌아가도 돼?"

"에이, 사저. 농담 좀 한——."

"자, 돌아가고 싶으면 얼마든지 돌아가세요."

내가 사저를 달래고 있을 때, 제자인 아이가 부추기듯 그렇게 말했다.

쳇! 하고 날카롭게 혀를 찬 사저는 아이를 절대영도의 시선으로 쳐다보며 이렇게 말했다.

"……이 꼬맹이가……."

"뭐 할 말 있어요? 아주머니?"

아이 양, 너무 호전적이잖아아아앗!

"자아, 자아, 스톱~. 두 사람 다 더는 다가가지 마~. 닿기만 해도 터져버릴 것 같거든~."

"뭐? 야이치, 무슨 소리를 하는 거야? 나는 이딴 꼬맹이는 안중에도 없거든?"

사저가 말하자, 아이도 지지 않겠다는 듯이 달려들었다.

"사부님이야말로 이 아주머니에게 너무 다가가지 마세요!! 반경 200미터 이내 접근 금지예요!"

"그래선 대국을 못하거든?!"

"안 해도 돼요!"

우리 일문의 다툼을 멀찍이서 지켜보고 있던 여초연 멤버들은 각자의 감상을 입에 담았다.

"……미오는 말이지? 소라 선생님 상대로 한 걸음도 물러서지 않는 아이를 보니, 쟤와 대국을 하면 절대 못 이길 것 같다는 생각이 들어……."

"승부사다운 성격이네요."

"샤우, 꽁쭈님과 짱끼 뚜래~!"

나는 오래간만에 사저를 만나서 흥분한 듯한 샤를 양을 향해 부드럽게 말했다.

"샤를 양, 오늘은 공주님한테서 장기가 아니라 노래와 댄스를 배울 거야."

"노래 알래~!"

샤를 양은 더욱 흥분했다.

사저는 성가시다는 듯한 반응을 보이며 이렇게 말했다.

"뭐? 나, 노래 같은 건 절대 안 할 거야."

"상부의 결정이라서……."

"애초에 곡이 없잖아? 대체 어디서 무슨 노래를 부를 건데?"

"일단 상부에서 준 이 계획표에 따르면, 연말에 데뷔곡으로 홍백가합전에 출전할 예정이라고 하는데……."

"전국 노래자랑에라도 나가서 『왕장(王將)』이라도 부르지그 래?"

사저는 코웃음을 치면서 그렇게 말했다.

참고로 『왕장』이란 이 칸사이에서 활약한 위대한 기사를 모티 브 삼아 만든 먼 옛날의 히트곡이다.

기사와 그 아내의 고생을 노래하고 있으며 장기 보급에도 도움 이 됐다는 평가를 받고 있지만, 좀 우울한 부분이 있어서 기사의 이미지를 망쳤다는 평가도 있다.

……뭐, 아이돌이 노래할 만한 곡은 아니지.

사저는 바보 취급하고 있는 것이나. 우리가 고개를 숙이며 들 어간다고…… 자기가 장기 팬들 사이에서 인기가 있다고…… 우리가 얼마나 고생하는지도 모르면서! 이 망할 사저……!

내가 그런 거무튀튀한 감정에 사로잡혀있는 사이…….

"미오는 홍백보다는 난바 그랜드카게츠의 무대에 서고 싶어!"

"장기만담, 재미있을 것 같아요."

미오 양과 아야노 양은 노래보다 만담에 흥미를 보였다. 하긴, 요즘 만담 붐이 불고 있으니까 말이다. 그것도 무리는 아니다.

"한번 해 볼까?"

"해 볼래요."

"미오예요~!"

"아야노예요."

"우리는――."

""『대항형』이에요~!""

뭔가 시작했어…….

"장기 콩트 『몰이비차』."

아야노 양이 타이틀을 선언하자, 미오 양이 기도하듯 깍지를 낀 후, 이런 말을 했다.

"좋아, 휘젓자~. 오늘은 휘젓는 거야~! ……달그락달그락 달그락달그락달그락!"

"기록 담당이냐! 예요!"

…………………….

"어때?"

"그런데, 데뷔곡 말인데――."

"어?! 무시~?!"

내가 상냥한 마음으로 아무것도 못 본 척하려 했지만, 미오 양은 혼신의 만담이 부정당했다고 여기는 것 같았다. 젊군…….

"샤우 말이지? 방금 끄거, 이해 모해떠~."

"즉 『휘젓자』라는 말로 몰이비차를 연상하게 한 후, 실은 선후수를 정하려고 장기말을 던지는 기록 담당이었다는 점이 재미 요소라고 생각해. 나도 이 해석이 맞는지 자신은 없어."

"??? 오~?"

샤를 양은 여전히 영문을 모르겠다는 듯이 고개를 갸웃거리고 있었고, 아이의 설명 또한 과잉 살상의 영역이라는 느낌이 들었다. 이 애, 역시 좀 무서워.

아야노 양 또한…….

"만담의 길은, 장기의 길보다 험난한 것 같아요……!"

……하고 말하며 전율했다.

아무튼, 아이돌에게는 악곡이 필요하다는 거야!

"가사는 우리가 쓰기로 하더라도, 문제는 작곡이네."

팔짱을 끼며 생각에 잠겨 있던 나는 문득 떠오른 아이디어를 입에 담았다.

"사저. 나니와의 백설공주라면 나니와의 모차르트에게 작곡을 부탁할 수 있지 않나요?"

"왜 내가 키● 타로 선생님에게 그런 부탁을 해야 하는 건데? 만나 본 적도 없는 사람이거든?"

"두 사람 다 별명에 나니와가 들어가니까……."

"확 담가버린다?"

칸사이에서 매우 인기 있는 심야방송 『탐정! 나이트 스쿠프』에서 오랫동안 최고 고문을 맡았던 키다●로 선생님에게서 곡을 받을 수 있다면, 그것만으로도 화제가 될 것 같은데…….

"어쩔 수 없네. 그럼 노래는 안 하는 걸로——."

"예엣~? 아이돌인데 자기 노래가 없는 거예요?!"

"그래서야 그저 장기를 두는 초등학생에 불과하다고요……."

미오 양이 불만을 털어놓았고, 아야노 양은 핵심을 지적했다.

"하지만 어쩔 수 없잖아? 프로한테 작곡을 의뢰하면 돈이 얼마나 들지 알 수 없단 말이야. 안 그래도 칸사이 본부는 칸토에 비해 예산도 적은데……."

"아이 양. 어서, 졸라봐."

미오 양이 아이의 옆구리를 팔꿈치로 툭툭 찌르면서 귓속말을 했다.

그러자 아이는 새끼 고양이처럼 간드러진 목소리로 이렇게 말했다.

"사부님~. 아이, 노래하고 싶어~♡"

"어쩔 수 없지. 그럼 용왕전 상금을 한 500만 정도만 써서——."

"어이."

따악!

내가 지갑을 꺼내려던 순간, 사저가 들고 있던 부채로 내 뒤통수를 때렸다.

"아얏! 사저, 뭐 하는 거예요?!"

"어리광 받아주지 마."

"예? 무슨 소리를 하는 거예요? 나, 엄청 엄격하거든요? 아이, 내 말 맞지?"

"예! 사부님은 엄청 엄격해요!"

"들었죠?"

"하지만 이 세상에서 가장 상냥하기도 해요!!"

"우리 제자는 세상에서 제일가는 효녀야아아아아아!"

"에헤헤~♡"

나는 제자를 꼭 안은 후, 도장 안에 있는 모든 이들이 볼 수 있도록 빙글빙글 돌았다. 아이도 비행기를 타듯 두 손을 활짝 펼치며 즐거워했다.

미움을 받을지도 모른다는 공포를 느끼면서도 혹독하게 가르쳐 왔지만…… 제자는 내 마음을 이해하고 있었다! 기뻐! 이제 아무것도…… 무섭지 않아……!!

한편, 사저는…….

"바보 스승에 바보 제자…… 일문의 수치야…………. 돈사해 버려……."

쿠즈류 일문의 유대를 보고 질투 중인 것 같았다. 이런이런.

내가 안아든 아이가 공중에서 고개를 갸웃거렸다.

"그런데, 결국 데뷔곡은 어떻게 하죠?"

"잘 생각해 보니, 이제부터 곡을 만들어선 기한에 맞출 수 없어. 이번 주 일요일에 데뷔 라이브를 가지기로 되어 있거든."

"내일이잖아요?!"

미오 양은 오늘 들어 가장 크게 고함을 질렀고, 아야노 양 또한 안경이 벗겨질 듯한 기세로 질문을 했다.

"왜, 왜 그렇게 무모한 스케줄을 짠 거죠?!"

"상부의 결정이야……."

"야이치. 너, 그렇게 말하면 뭐든 다 용납될 거라고 생각하는 거 아냐?"

나는 사저의 지적을 무시하며 말을 이었다.

"문제는 손님을 모을 방법이네."

"사, 사부님. 그것 말고도 문제가 잔뜩 있는 것 같은데요……."

애제자조차도 딴죽을 날린다고 하는 절망적인 상황에서도, 나는 포기하지 않았다.

왜냐면 나는 용왕, 쿠즈류 야이치.

촌스럽고 끈질긴 칸사이 장기를 이어받은, 포기할 줄 모르는 남자……!

"일단 데뷔 라이브 티켓의 부록으로——."

"악수권이라도 주려고요?"

"아니, 지도대국권을 줄 거야. 어디까지나 장기 팬을 늘리는 게 목적이거든."

미오 양의 질문에 내가 그렇게 답하자…….

"대체 얼마나 많은 사람들과 대국을 해야 하는 건가요……?"

아야노 양은 경악한 나머지 얼굴이 새파랗게 질렸고…….

"천 명과 뒀다간, 과로로 죽어버릴 거야……."

미오 양은 벌써부터 질린 듯한 표정을 지었다.

두 사람의 불안을 떨쳐내 주려는 듯이, 나는 과거의 경험을 이야기했다.

"뭐, 천 명은 무리일 거야. 나와 사저는 둘이서 500명을 상대한 적이 있는데, 진짜 장난이 아니었거든."

"500명?!"

"그 많은 장기판을 어디에 깔아두고 둔 건가요?!"

사저는 그 저주받은 기억을 떠올리며 설명했다.

"오사카 홀에 장기판을 사각형으로 둔 후, 나와 야이치가 그 사각형 안을 몇 바퀴나 돌면서 장기를 뒀어."

"그렇게 두면 손톱이 깨져버릴 것 같아요……."

"손톱은 깨지지 않아."

사저가 그렇게 말하자, 아이가 조롱하는 투로 이렇게 말했다.

"흐음~? 생각만큼 그렇게 힘들지는 않았나 봐요?"

"깨진 건 무릎이야……."

""""히이이이이이이익!""""

초등학생, 겁에 질리다.

"평소에 운동 같은 건 전혀 안 했는데, 그날은 전력으로 뛰어다녔거든. 그랬더니 무릎뼈가 과로로 작살이 나고 말았다 아이가……. 그 기획을 짠 자식을 확 담가버리고 싶었대이……."

"그건 장기와는 전혀 다른 새로운 스포츠였어……."

지도대국, 그것도 여러 명을 한꺼번에 상대하는 것은 그야말로 체력 승부다.

두뇌보다도 먼저 몸이 한계에 도달하고 말아요…….

"하지만 초등학생에게 그런 가혹한 짓을 요구할 생각은 없어. 애초에 천 명이나 올 수 있는 행사장도 아냐."

"어디서 하는데요?"

"너희, 『나니와스지 장기대로』의 데뷔 라이브는 이곳 칸사이 장기회관 2층의 도장에 있는 보드 해설장의, 스테이지 부분에서 할 거예요!"

"좁네요!!"

"저기 맞죠~?!"

미오 양과 아이가 경악하자, 나는 두 사람을 쳐다보며 힘차게 고개를 끄덕였다. 이제 믿을 것이라고는 의욕뿐이다.

"맞아. 저 무대에 서면 돼. 넷이서 서면 미어터질 테니까, 너무 격렬하게 움직이지는 마."

"아이돌의 데뷔 라이브인데, 꼼짝도 하면 안 되는 건가요……?"

"부딪쳐서 떨어지기라도 하면 위험하잖아. 뭐, 난간이 있긴 하지만 말이야."

내가 아야노 양에게 그렇게 말하자, 사저도 좀 안됐다고 생각한 건지 약간 당황한 어조로…….

"난간이 있는 무대에서 라이브를 하는 것도 어찌 보면 참신하네……."

……이렇게 말했다.

아이는 무대를 쳐다보면서 불안 섞인 어조로 말했다.

"저기…… 사부님? 보드 해설장만으로는 너무 좁지 않을까요……?"

"그렇지도 않아. 타이틀전의 보드 해설회 때는 서른 명 정도는 거뜬히 수용하거든."

미오 양은 내 말에 동의했다.

"도장 공간도 이용하면, 백 명 정도는 들어올 수 있을 거야~."

"아, 그건 무리야. 도장 영업을 할 예정이래."

"어."

미오 양은 얼어붙었고, 아이와 아야노 양의 얼굴은 점점 새파랗게 질렸다.

"손님이 장기를 두고 있는 도장 한편에서 라이브……."

"완벽한 민폐일 것 같은데요……."

"지도대국도 세트잖아. 장기를 둘 공간도 필요하지 않겠어?"

부채질을 하며 이야기를 듣고 있던 사저가 참견을 했다.

"상품 판매는 어떻게 할 거야? 기왕 이벤트를 하니까 최대한 벌어야 할 거 아냐."

역시 장려회 회원으로서 연맹의 이벤트 운영에 관여하는 사람다웠다.

확실히 상품 판매는 중요하다.

잘만 하면 입장료의 몇 배나 되는 이익을 낼 수 있으니까.

"그럼 멤버들은 사인 색지를 몇 장씩 쓰기로 하고…… 내 사인 부채도 같이 팔도록 할까요. 재고가 엄청 많으니까요."

"쿠즈류 선생님의 부채는 안 팔리나요?"

"그래, 판매과 직원이 이제까지의 타이틀 보유자 중에서 가장 안 팔린다면서 골머리를 썩이고 있을 지경이야."

아야노 양의 말에 내가 그렇게 답하자, 아이가 손을 번쩍 들면서 외쳤다.

"제가 박스로 살게요!"

"우리 제자는 세상에서 제일가는 효녀야아아아아아!"

사저는 자기 부채를 접더니, 빙글빙글 돌리면서 아이에게 물었다.

"그걸 사서 어디에 둘 거야?"

"사부님 집에요."

아이는 빙긋 웃으면서 그렇게 대답했다. 미오 양과 아야노 양이 그 말을 듣고 깜짝 놀랐다.

"돌아왔어!"

"그럼 팔았다고 할 수는 없잖아요……."

"회수네."

사저는 흥 하고 코웃음을 쳤다. 자기 부채는 너무 잘 팔려서 생산 속도가 쫓아가지 못할 만큼 인기라고, 명백하게 나를 깔보고 있는 것이다.

"샤우도, 싸뿌의 부째 가지고 시퍼~!"

샤를 양은 껑충껑충 뛰면서 그렇게 말했다. 여섯 살 아동의 따뜻한 마음을 접하니 너무 행복해…….

나는 무심코 이렇게 물었다.

"샤를 양은 참 착한 아이네. 우리 집 애가 될래?"

"응!"

"그건 안 돼요."

아이는 미소를 머금은 채 노타임으로 그렇게 말했다.

거무튀튀한 아우라를 뿜기 시작한 제자를 달래려는 듯이, 나는 허둥지둥 아까 발언을 부정했다.

"아, 단순한 농담──."

"절대 안 되거든요?"

"⋯⋯예."

죄송해요. 약간 진심이었어요. 그런 흑심은 버릴게요⋯⋯ 버리면 되잖아요⋯⋯.

"그런데, 야이치. 어쩔 거야? 노래할 거야? 안 할 거야?"

"이제부터 다 같이 노래방에 가서, 요즘 유행하는 노래라도 연습할까?"

"저는 저녁때 학원에 가야 해요."

"샤우는 말이지? 모모따로 부를 줄 아라~."

"저, 저도, 합창곡이라면⋯⋯ 잘 부르지는 못하지만⋯⋯."

소녀들이 입을 모아 그렇게 말했지만⋯⋯.

"⋯⋯⋯⋯아냐. 그럴 필요는 없어."

나는 그렇게 대답했다.

데뷔곡도 없고, 노래나 댄스를 연습할 시간조차 없다고 하는 절망적인 상황⋯⋯.

하지만 나는 수많은 위기를 극복하며 용왕까지 된 남자다!

이 역경을 기회로 삼아 프로듀스를 성공시킬 비장의 수가 생각났다.

"사부님? 좋은 생각이라도 있으세요⋯⋯?"

"나는 오가 씨한테서 여초생 장기 아이돌의 프로듀스를 지시받았고, 데뷔곡으로 홍백가합전에 나가는 것을 목표로 삼으라는 말도 들었어⋯⋯⋯⋯. 하지만!"

그리고 나는 기사회생의 한 수를 뒀다!!

"무대에서 꼭 노래를 부르라고는 단 한마디도 안했어. 우리가 보여줄 건 바로————『대국』이야!!"

◇

다음 날.

이벤트가 열릴 연맹 도장에는 생각보다 많은 손님들로 북적이고 있었다.

북적이고 있다……기 보다, 도장에 장기를 두러 와 봤더니 뭔가를 하는 것 같아서 일단 의자에 앉아본 것 같은 고령자들이 꽤 모여 있었다.

좋아. 숫자는 합격점이다.

——이제 이 손님들을 만족시킬 수 있느냐, 인데…….

무대 뒤편의 비상계단으로 이어지는 문 너머에서 『나니와스지 장기대로』를 지켜보며, 나는 불안을 느꼈다. 손님층은 아이돌과는 담을 쌓았을 법한 연령이었기 때문이다.

평소보다 약간 귀엽게 꾸민 아이가 한가운데에 서서 손님들에게 인사를 했다.

"여, 여러분! 안녕하세요!"

그 뒤를 이어…….

"저희는."

"여초생 장기 아이돌!"

"나이와쑤지 짱끼때로에오~!"

멤버들이 차례차례 그렇게 말했다.

그리고 한동안 정적이 흐른 후, 드문드문 박수 소리가 들렸다.

……어르신들이라 반응이 느려…….

반응이 좋은 건지 나쁜 건지 영 판단이 서지 않았다. 이 느린 반응속도는 공포 그 자체다. 경우에 따라서는 객석의 반응을 무시하며 이벤트를 진행해야만 하겠지만…….

다행인지 불행인지, 아이는 긴장한 탓에 손님들이 눈에 들어오지 않는 것 같았다.

"오, 오늘…… 저희의 데뷔 라이브에 와 주셔서 정말 감사해요!"

대본에 적혀있는 대로 그렇게 말을 하자…….

"그럼 저희의 데뷔 국(局), 『장님 10초 장기』!"

"""들어주세요!!"""

띠리링~ ♪

어딘가에서 들어본 적이 있는 듯한 음악과 함께──.

"손님 여러분, 안녕하십니까. 사회자인 소라 긴코입니다. 일요일의 한 때를, 이 흥미진진한 대국을 보며 즐겁게 보내주십시오."

어딘가에서 들어본 적이 있는 듯한 코멘트를 입에 담으며 보드 앞에 나타난 사저는 손님에게 인사를 했다.

그리고 우선, 아이를 소개했다.

"선수는 히나츠루 아이 양입니다. 쿠즈류 야이치 용왕 문하.

연수회는 E2이며, 초등학교에서는 4학년 3반입니다. 장기 묘수 풀이가 특기이며, 종반의 승패가 오락가락하는 국면에서 초등학생답지 않은 괴력을 발휘하죠. 칸사이 연수회의 기대되는 신인입니다."

다음으로, 미오 양을 소개했다.

"다음은 후수인 미즈코시 미오 양을 소개하겠습니다. 쿠레사카 카즈로 7단 문하. 연수회에서는 E1이며, 초등학교에서는 4학년 3반입니다. 앉은비차, 몰이비차, 양쪽 다 둘 수 있는 올라운더이며, 히나츠루 양과 같은 학교 같은 반인 클래스메이트이기도 합니다."

물 흐르듯 자연스럽게 두 대국자의 소개를 마친 사저는…….

"오늘은 이 두 사람의 대국을 선보일까 합니다. 그럼 끝까지 편안히 즐겨 주십시오."

정중하게 인사를 한 후, 해설용 보드의 오른편으로 이동해서 입을 열었다.

"오늘 해설자를 소개드리겠습니다. 쿠즈류 야이치 용왕입니다. 선생님, 잘 부탁드립니다."

나도 무대에 등장했다.

"아, 예. 잘 부탁드립니다."

나는 보드 왼편에 선 후, 사저와 마주 보고 해설을 시작했다.

"선수인 히나츠루 양 말입니다만, 선생님의 제자로 알고 있습니다."

"예. 최근에 인연이 닿아 제자로 들이게 됐죠."

"어떤 인상을 받으셨나요?"

"글쎄요. 뭐, 한마디로 말하자면 '귀엽다'예요."

"……로리콤."

"어? 방금 나보고 로리콤이라고 했어요?"

"그런 말 안 했습니다."

똑똑히 들었는데…….

대본에는 그런 말이 적혀 있지 않다. 사저는 벌써부터 폭주하고 있는 것이다.

불안이 밀려왔지만, 이미 시작된 이벤트를 중단할 수도 없으니까 말이다. 대화 틈틈이 말리면서 대응해 나갈 수밖에 없다.

"그럼 후수인 미즈코시 양에게는 어떤 인상을 받으셨나요?"

"미오 양은 그룹의 리더죠. 항상 기운이 넘치고, 제 집에서 열리는 제자들의 연구회에서도 분위기를 띄우는 무드메이커랍니다. 이 애도 참 귀엽죠."

"어린애면 누구라도 상관없는 거냐……."

"예?!"

사저는 미소를 머금은 채 그런 괜한 소리를 입에 담으면서도, 대본대로 진행했다.

"그런 두 사람의 대국입니다만, 어떤 식으로 전개될 거라 생각하시죠?"

"글쎄요~. 두 사람 다 기본적으로 앉은비차파이고 장님 장기를 하는 만큼, 서로가 친숙한 전법을 선택하지 않을까요?"

"망루, 각교환, 횡보잡기, 그리고 서로 걸기…… 같은 걸 두려나요?"

"예. 서로 걸기면 재미있을 것 같군요. 뭐, 제가 좋아하는 것뿐이지만요. 하하하!"

장님 장기는 대국자에게 매우 부담이 되지만, 해설 측은 편하기 때문에 이렇게 웃을 수 있다. 초등학생들이 귀여운 실수(장기 말 숫자를 헷갈리거나)를 저지른다면 오히려 인기를 끌지도 모른다.

사저는 내 말을 듣고 고개를 끄덕였다.

"그럼 대국자인 두 사람을 인터뷰하도록 할까요. 우선 선수인 히나츠루 양. 미즈코시 양의 인상과 전법 예상을 말씀해 주시겠습니까?"

"으음, 저기……."

아이는 잔뜩 긴장한 듯한 투로 말했다.

"미오…… 아, 아니, 미즈! 미, 미쯔꼬시 양은 장기회관의 도장에서 처음 생긴 친구예요! 그리고, 으음…… 저, 전법은…… 저는 앉은비차로 갈 생각이에요!"

"이번 대국에 대한 포부를 말씀해 주세요."

"사부님이 보고 계셔서 긴장되지만, 칭찬받을 수 있게…… 열씸히 둘래요!"

아이는 발음이 꼬이면서도 어찌어찌 인터뷰를 마쳤다.

사저는 어찌 된 영문인지 아까보다도 차가운 목소리로 나를 향해 말했다.

"……예. 선생님, 제자의 발언을 어떻게 생각하시죠?"

"글쎄요. 귀엽군요."

"돈사해버려, 이 소아성애자 자식아."

"어?!"

"그럼 다음은 후수인 미즈코시 양을 인터뷰하겠습니다 히나츠루 양의 인상을 말씀해 주시겠습니까?"

"아이 말이야? 엄청 세! 서반, 중반, 종반, 전부 빈틈이 없어. 하지만 미오는 안 질 거야……."

"이번 대국에 대한 포부를 말씀해 주세요."

"으음~ 짜, 짱…… 장기말들이 약동하는 것 같은 미오의 장기를, 많은 사람들한테 보여주고 싶어!"

미오 양은 해냈다고 말하는 듯한 표정을 지으며 인터뷰를 마쳤다.

"……자아, 선생님. 미오 양의 발언에 대해서는 어떻게 생각하십니까?"

"글쎄요. 참신하다고나 할까, 칸사이의 전통적인 장기를 본 것 같다고나 할까요."

"혀가 약간 짧은 것 말이군요."

"예. 일부러 그런 거라면 비호감을 사겠지만, 미오 양은 순진하니까 그냥 귀엽기만 하군요!"

"쓰레기 로리왕……."

"어?!"

"그럼 초읽기를 담당할 사다토 아야노 양과 샤를로트 이조아드 양, 잘 부탁드립니다."

"장기말을 던져 선후수를 정한 결과, 히나츠루 양의 선수로 결정됐어요. 제한시간은 없으며, 두 대국자는 10초 안에 수를 둬주세요."

"씨깐 어기면 찌는 고야~!"

아야노 양은 차분해 보였으며, 샤를 양은 즐거워 죽으려는 것 같았다. 대국시계를 두드리고 싶어 근질근질한 것 같았다. 얌전히 있으렴……

아이와 미오 양은 눈가리개를 쓴 채 정신통일을 하고 있었다.

아야노 양은 준비를 마쳤다는 것을 확인한 후, 선언했다.

"그럼 대국을 시작해 주세요."

""잘 부탁합니다!""

아이와 미오 양은 인사를 나눴다.

자아! 이제부터 본격적인 이벤트가 시작되는 거야!!

우리 전원의 힘을 합쳐, 끝내주게 흥분되는 무대를 만들어 보자고오오오!!

"2육보."

"8사보."

"2오보."

"8오보."

"7팔금."

"3이금."

"2사보."

"동보."

"동비."

"2삼보."

"2육비."

"7이은."

"3팔은."

"6사보."

"7육보."

"8육보."

……………………응.

뭐, 조용하네. 하긴, 장기를 두고 있잖아.

장님 장기는 대국자가 목소리로 자기 수를 밝히니, 상대방에게 들려야만 한다.

그래서 손님들도 소리를 내지 않으려고 조심하고 있지…….

게다가 장기말을 이용하지 않으니 『따악』이라거나 『퍽!』 같은 장기말을 두는 소리도 안 들리고…… 비주얼적으로도 눈가리개를 한 여자애가 고개를 숙인 채 의자에 앉아서 부호를 번갈아 말하고만 있다. 이런 섬뜩해 보일 수도 있는 광경을 과연 라이브라고 할 수 있을까……. 벌써부터 프로듀서로서의 내 자신감이 땅에 떨어진 사탕과자처럼 산산조각 나버렸다. 하지만…….

"그럼 선생님. 해설을 부탁드립니다."

"아, 예."

사저가 말을 건네자, 나는 보드 조작에 의식을 집중했다. 현재 국면까지 장기말을 옮겨야만 하는 것이다.

현재도 아이와 미오 양은 "동보." "동비." 하고 말하며 비차(飛
車) 앞의 보(步)를 교환하는 등, 서서히 대국이 결렬해질 듯한 분
위기를 자아내고 있었다.

"전형은 서로 걸기인가요."

"선생님께서 좋아하는 전황……."

"……이 펼쳐지고 있군요."

선수에서의 서로 걸기는 내 특기 전법이며, 아이와 처음으로
장기를 뒀을 때도 서로 걸기를 썼다.

이런 공개 대국에서는 해설자가 특기로 삼는 전법을 선택하는
대국자도 있다.

해설할 수 없는 전법을 쓰면 해설자도 난처할 것이며, 손님도
즐기지 못할 거라는 배려에서 그런 선택을 하는 것이다. 두 사람
다 어른이 됐는걸…….

"8칠보."

"8이비."

"3육보."

"3사보."

"5팔옥."

"6삼은."

제자의 상냥한 마음씨를 곱씹을 여유도 없을 만큼, 국면은 점
점 진행됐다.

"쑥쑥 진행되고 있군요."

"그러네요~."

사저도, 나도, 장기말을 옮기는 데 정신이 팔려서 제대로 된 해설을 하지 못했다.

"3오보."

"동보."

"3칠은."

마치 경쟁이라도 하듯, 두 사람은 노타임으로 부호를 입에 담았다. 손님들은 대국자들이 이렇게 빠르게 진행되는 대국을 파악하고 있는지 의문을 품고 있는 것 같지만——.

"뭐, 여기까지는 아직 정석에 따르고 있으니까요."

"머리를 안 써도 둘 수 있겠죠."

사저가 그렇게 말한 바로 그때였다.

"…………."

방금까지 노타임으로 대국을 하던 미오 양이 갑자기 시간을 할애하기 시작했다. 왜 저러지……?

"응? 생각에 잠긴 것 같군요."

"오~ 유, 찌일, 빠알——."

내가 한 말고 샤를 양의 초읽기가 겹쳤다.

그리고 미오 양은 기합이 가득 들어간 목소리로 다음 수를 말했다.

"8팔각성!"

"오오!"

해설자인 내가 무심코 탄성을 저지를 만큼, 결단의 한 수였다! 아이는 경계하면서…….

"……동, 은."

"4이은!"

"어어……!"

"신음 소리 그만 내고 해설이나 해 주세요. 쿠즈류 로리왕."

사저는 나에게 쓴소리를 한 후, 감탄한 듯한 어조로 미오 양의
수에 대해 이야기했다.

"느닷없이 후수가 각교환을 했습니다만……."

"예. 그 후의 4이은이 재미있는 수였어요. 이건 집에서 생각해
온 수군요."

전법을 선택한 건 아이라고 생각했는데…….

알고 보니 미오 양은 서로 걸기를 두게 될 거라고 예측한 후, 미
리 이 수순을 준비해온 것이다!

"3사보."

아이는 차분함을 잃지 않기 위해, 차분하게 부호를 말했다.

하지만 미오 양은 물고 늘어지듯 국면을 진행하면서, 계속 몰
아붙였다.

"4사보."

"4육은."

"5사은."

"……7, 칠…………은."

아이는 괴로워 보였다.

"미즈코시 양이 히나츠루 양의 특기 전법으로 일부로 유도한
것일까요?"

"그런 것 같군요. 후수가 유리하게 전개되고 있어요."

미오 양의 목소리에서는 생기가 넘치고 있었다.

"4삼은상." (전진)

"6육은."

"3사은!"

"7칠계."

"5이금."

"5오은우." (오른쪽)

"4삼은우." (오른쪽)

"7오은."

아이는 열세를 만회하기 위해 강습을 시작했다.

머릿속 장기판을 지닌 아이는 국면이 복잡해질수록 자신이 유리해질 거라고 생각하고 있으리라.

하지만——.

"히나츠루 양이 적극적으로 몰아붙이고 있군요."

"아니…… 이건 미오 양이 공격하게 유도하고 있는 거예요."

나는 이 공격이 성공할 거라는 생각이 들지 않았다.

아마 미오 양은 이후의 전개까지 고려하며 수를 두고 있을 테니까…….

"4이옥."

"3팔금."

"5사보!"

"4사은."

"동은."

"……."

아이의 손이, 아니, 입이 침묵에 잠겼다.

뭔가 승부수를 찾아야 할 국면이다.

"오, 육, 칠——."

아야노 양의 초읽기가, 아이에게 결단을 강요하고 있었다. 참고로 미오 양의 초는 샤를 양이, 아이의 초는 아야노 양이 읽는 식으로 역할분담을 하고 있었다.

"7일각."

호오, 하고 사저가 말했다.

"이 상황에서 각을 투입했군요."

"비차와 각을 교환하게 될 것 같습니다만, 이건 위험해요."

내가 말한 대로…….

"6이비."

미오 양은 주저 없이 비차 각교환을 받아들였다.

그것은 아마도——.

"동각성.^{승급}"

"동금."

"7일비."

"4육보!"

"앗?!"

아이가 소리를 질렀다.

미오 양의 반격이 깔끔하게 들어갔기 때문이다.

하지만 이대로 끝나지는 않을 것이다.

"아픈 수가 날아왔습니다만, 더 아픈 수가 기다리고 있군요. 각을 이용한 수입니다만——."

지금이 바로 해설자가 자신의 실력을 뽐낼 때다.

나는 사저를 쳐다보며 말했다.

"만약 이 예측이 빗나간다면…… 소라 씨를 포기하겠습니다!"

"무, 무슨 소리를 하는 거죠? …………바보…….."

"사부님은 모지리!!"

리스너와 대국자에게 동시에 혼났다.

으음. 아무리 이벤트 중이라도 농담이 심했나……?

하지만 조크는 실패로 돌아갔지만 수읽기는 실패하지 않았다.

"1사각!"

미오 양이 힘차게 각(角)을 날리자, 아이는 그대로 딱딱하게 굳어버렸다.

"앗?! 으으……."

"바로 이 수입니다. 이 각을 투입하면서, 후수가 완벽하게 우세를 점했어요. 이야~ 날카로운 공격이군요."

내 제자가 밀리고 있지만, 나는 미오 양을 칭찬할 수밖에 없다.

"오, 육, 찔, 빨, 꾸~."

"4팔보!"

시간에 쫓긴 아이는 겨우겨우 승부수를 던졌지만…….

"4육보."

미오 양이 차분하게 반격을 날리자, 표정을 찡그리며 입술을 깨물었다.

"도……… 동……비."

"4오은타.[올림]"

국면은 미오 양의 우세로 흘러가고 있었다.

이제 정확하게 몰아붙이기만 한다면, 미오 양의 승리로 이 대국은 끝날 것이다.

이렇게 장기가 재미없게 흘러가고 있는 상황에서 분위기를 띄우는 것도 해설과 리스너의 중요한 역할이다. 사저가 나에게 말을 걸었다.

"그런데 아까 『집에서 생각해온 수』라고 말씀하셨죠?"

"예."

"히나츠루 양은 쿠즈류 선생님과 동거하고 있죠?"

"아, 예."

나는 순순히 대답했다. 아이는 고통스러운 듯한 표정을 지으며 비차를 대피시켰다.

"1육비……."

"4육보."

"………1사비."

"4칠보성.[승급]"

"동보."

이미 포기한 건지, 아이는 담담하게 자신의 수를 입에 담았다. 미오 양이 시간을 들이는 국면이 늘어나고 있었다. 아마 외통수를 찾고 있는 것이리라.

"평소에는 어떤 식으로 장기 공부를 하죠?"

"집에서 말인가요?"

나는 사저가 던진 질문의 의도를 파악하지 못했다.

나는 미오 양과 마찬가지로 잠시 생각에 잠겼다. 국면이 너무 유리하면 어떤 식으로 승리를 거둘지 고민하게 되기 마련이지.

"으음…………."

"오~ 육~ 찔~. 빨~."

"3일금타!"

"……3사비!"

"어?! ……동은?"

"실전이 메인이지만, 아이는 아직 정석을 모르거든요. 그래서 이상한 장기를 두게 된다고나 할까요?"

아이는 어느새 몸을 앞뒤로 흔들면서 작은 목소리로 "……이렇게, 이렇게, 이렇게이렇게이렇게이렇게이렇게……." 하고 중얼거렸다.

아이가 집중할 때 나오는 버릇이다.

"1일용."

"2팔비!"

"6구옥."

"2구비성!"

"5구향."

"5오계!"

"3삼보!"

"어라?! 으, 음…… 동은?"

"5육각."

"4오각!"

"동각."

"4칠계불성."

"7구옥."

아이가 교묘하게 도망치는 수를 두자, 미오 양은 외통수를 찾지 못했다.

사저는 납득을 한 것처럼 고개를 끄덕이며 말했다.

"오호라. 선생님의 특기인 변태 장기군요?"

"뭐, 금과 옥이 4단까지 올라가는 장기이긴 하죠."

"금과 옥이 들어가는 변태적인 행위를 초등학생 상대로 하고 있다는 거군요."

"자, 잠깐만요, 사저! 오해 살 소리 좀 하지 마세요!"

"오해? 흥! 초등학생과 동거하고 있는 인간이 무슨 소리를 하는 거야?"

이야기가 불온한 방향으로 나아가기 시작했잖아?!

"으음……."

"오, 육, 찔──."

"4오은."

"8팔옥."

"으……."

"오~ 육~ 찔~ 빨~──."

"5구계성!"

샤를 양이 초를 세는 횟수가 점점 늘었다. 즉, 미오 양이 시간을 투자하며 생각에 잠기고 있다는 뜻이다.

궁지에 몰린 건가⋯⋯? 나와 마찬가지로⋯⋯.

"초, 초등학생이 아니라 장기 이야기를 하죠!"

"야이치. 너, 도망치려는 거야?"

"어? 이거, 역전한 거 아니에요?"

사저의 발언을 무시한다기보다, 순수하게 국면에 변화가 발생했다는 것을 눈치챈 내가 그렇게 말했다.

방금까지 몰리고 있던 아이는 등을 꼿꼿이 펴며 말을 이었다.

"6사은."

"어, 어라? ⋯⋯으음~ 2이은!"

"4사은."

"으음⋯⋯? 어, 어째서 이렇게 된 거지? 어라⋯⋯?"

단숨에 국면이 미심쩍게 흘러가기 시작하자, 미오 양은 동요했다. 어라라? 이상하네요?

'어떻게 둘 것인가?' 보다 '어디서 이상해진 건가?' 에 의식이 쏠리고 있는 상태다. 속기 장기에서 이런 정신 상태가 되면 매우 불리해진다.

"으음, 으음⋯⋯."

"오~ 육~ 칠~ 빨, 구――."

샤를 양의 초읽기가 '9' 에서 막 넘어가려는 타이밍에⋯⋯.

"5이보!"

……미오 양이 소리쳤다.

"어."

그 순간, 아이는 깜짝 놀란 듯이 그 자리에서 펄쩍 뛰었고…….

"설마~!"

"사고 쳤네, 사고 쳤어."

사저와 나도 황당한 나머지 말투가 원래대로 돌아왔다.

왜냐하면…….

"응?! 어어?!"

무슨 일이 일어난 건지 몰라 동요한 미오 양에게, 아이가 미안해하면서 말했다.

"……미오, 그건 이보야……."

"앗, 미안해! 졌습니다!"

미오 양은 이해하자마자, 바로 투료를 선언했다.

그렇다.

미오 양이 마지막에 입에 담은 그 수는 바로 보가 두 개 나란히 배치되는 『이보(二步)』── 즉 반칙이다.

냉정함을 유지하고 있던 아야노 양이 차분한 어조로 말했다.

"……이상의 90수로, 선수의 승리입니다."

일요일 장기 방송이라면 이 상황에서 카메라가 아이를 향하면서, 화면 아래에 『승자 히나츠루 아이』라는 자막이 뜰 것이다.

그리고 패배한 미오 양은———.

"아차………… 사고 쳤네……."

"…………."

"너무하네………… 정말 너무해……."

금방이라도 울음을 터뜨릴 듯한, 그런 안타까운 미소를 지으면서 몇 번이나 '너무해' 라는 말을 반복했다.

장님 장기에서 이보는 흔하게 일어나지만…… 압도적으로 우위를 점하고 있었는데 후반부에 따라잡힌 것으로 모자라, 동요한 바람에 이보를 두는 건 너무 아쉬웠다.

"…………."

미오 양의 그런 마음이 뼈저리게 이해하기에, 승리한 아이도 고개를 숙인 채 아무 말도 못하고 있었다.

거북한 침묵…….

"……자아, 충격적인 결말을 맞이하긴 했습니다만……."

사회를 맡은 사저가 초등학생인 저 두 사람을 위로하는 듯한 어조로 말했다.

"쿠즈류 선생님, 이 대국에 대해 어떻게 생각하시죠?"

"글쎄요. 마지막에 이보를 둔 미오 양의 반칙패로 끝이 나긴 했습니다만…… 뭐, 고뇌에 잠긴 여자 초등학생들의 모습이 참 귀여웠다는 생각이 드는군요!"

"진성 로리콤……."

"어?!"

"······뭐, 이런 일이 있었어."

『나니와스지 장기대로』의 첫 무대가 끝나고 몇 달 후.

나는 코베의 카페에서 커피를 홀짝이며, 맞은편에 앉아 있는 상대에게 그 전설의 무대에 관해 이야기했다.

모든 이야기를 마치자, 눈앞의 소녀는 자신이 좋아하는 과자 '벌꿀 알테나'를 포크로 찌르면서······.

"흐음. 장기연맹은 진짜 한심한 짓거리를 하네."

······흥미 없다는 듯이 말했다.

야샤진 아이. 아홉 살.

내가 최근에 회장의 명령으로 장기를 가르치는 여자애다.

이름은 내 제자와 똑같지만, 검은 옷과 검은색 장발, 그리고 고고한 성격은 그야말로 정반대였다.

용왕인 나에게도 전혀 경의를 표하지 않는다. 장기연맹에 대해서도 비판적이다.

신랄하게 말하는 제자에게, 나는 쓴웃음을 지으며 반론했다.

"너무 그러지 마. 상품 판매 성적도 나쁘지 않았고, 전체적으로 제법 평가가 좋았거든? 손주들의 재롱을 보는 것 같아서 기분이 좋았대."

"노인들만 흥미를 가졌다는 거잖아······."

"확실히 좀 더 꾸밀 필요가 있다는 건 인정해."

나는 테이블을 향해 몸을 쑥 내밀었다.

"그래서, 다섯 번째 멤버를 영입할까 하는데——."

"나는 안 할 거야."

"그러고 보니 너는 아이와 이름이 같지. ……그래도 츤데레라고 할까, 가학적인 캐릭터성은 다른 애들과 겹치지 않으니까 괜찮을 거야."

"안 한다고 내가 말했지? 내 말 안 들렸어? 장기말의 뾰족한 부분에 머리를 찍혀 죽고 싶은 거야?"

"오오! 진성 S초딩, 참 좋네. 인기가 있겠는걸."

귀엽고 순진한 애들밖에 없는 여초연에 이런 S캐릭터를 섞어서, 신선함을 연출할 수 있어……!

"안 한다고 내가 말했지?! 나는 아이돌 같은 것에는 관심 없고, 네 제자들과 어울릴 생각도 없거든?!"

"하지만 연수회에 들어갈 거면 『나니와스지 장기대로』에도 들어가야만 하거든?"

"왜?!"

"…………상부의 결정이야."

※ 이 단편은 『용왕이 하는 일! 2 드라마CD 부속 한정 특장판』의 드라마 CD 각본을 소설화한 작품입니다.

《자전기(自戰記)》

초등학생 때 여류기사가 되고, 8년이 지났다.

이 8년 동안 자신이 얼마나 많은 것을 쌓아 왔는지, 요새 들어서 문득 생각하는 일이 늘었다.

다행히, 처음 타이틀을 획득한 후로 항상 타이틀을 보유했으며, 장기 팬들이 내 얼굴과 이름을 기억하게 됐다.

부끄러운 일이지만, 과분한 별명도 얻었다(그리고 처음으로 고백하는 거지만, 나는 이 별명이 꽤 마음에 든다).

하지만 강한 후배가 속속 등장하는 바람에 타이틀 방어도 버거워졌고, 요새는 다른 기전에서 좋은 결과를 내지 못했다.

선승제 승부까지 진출해도, 거기서 더 올라가지는 못했다.

여류기사는 타이틀 보유자라고 해도 프로 기사에 비해 대국이 매우 적다.

필연적으로, 지면 할 일이 없는 시간이 늘어난다.

이 시간을 어떻게 이용하느냐에 따라 기사의 장래가 결정되지만⋯⋯ 나는 타이틀 보유자의 사명감과 지금까지 자신을 길러준 여류 장기계에 조금이라도 보답하자는 심정으로, 보급 일에 힘을 쏟게 됐다.

장기 연구 시간을 줄이게 되지만, 어쩔 수 없다고 생각했다.

TV 기전의 리스너도 했고, 장기 전문지만이 아니라 일반 잡지의 인터뷰에도 등장했다. 요청이 들어오면 TV 버라이어티 방송에도 나갔다.

그 결과, 여류기사의 인지도가 높아지면서 이벤트에 참가하는 팬도 서서히 늘어났다.

나는 그 점에 만족했고…… 팬들도 기뻐할 거라고 생각했다.

하지만 어느 지방의 장기 이벤트에 게스트로 초청됐을 때, 장기 팬이 한 말이 내 생각을 바꿨다.

"요즘, 장기 쪽으로는 농땡이 치는 거 같지 않아?"

"이벤트가 더 벌이가 짭짤한 거야."

"여류는 좋겠네. 편하게 돈 벌잖아."

나는 그런 말을 들으면서도 억지 미소를 지을 수밖에 없었다.

여류기사의 인지도를 높이기 위해, 연구 시간을 희생하면서까지 보급에 힘쓴 결과…… 여류기사의 가치를 추락시킨 것이다.

그후, 나는 '보급'이라는 것에 대한 생각을 바꿨다.

아무리 자신의 시간을 희생해 가며 팬에게 헌신해도, 기사인 이상 이기지 않으면 아무 의미도 없다. 약한 여류기사가 백 번 이벤트에 참가하는 것보다, 강한 여류기사가 한 번 와 줄 때 더 기뻐하는 것이다.

그러므로 타이틀 보유자로서 여류 장기계에 가장 공헌하는 법은, 바로 강해지는 것이다.

곰곰이 생각한 나는 이벤트 참가 의뢰를 거절하고, 연구에 몰두하기로 했다.

나는 다시 승부에 미친 귀신이 됐다.

"……그건 정말 힘든 이벤트였어……."

폭거라고 해도 과언이 아닐 만큼 지나치게 참신한 장기 이벤트(?)를 떠올린 나는 부르르 떨었다.

아이가 나를 올려다보며 물었다.

"그러고 보니 『나니와스지 장기대로』는 이제 활동 안 하나요?"

"으음…… 글쎄?"

인기가 없었던 것도 아니었으니, 아이가 여류기사가 된 타이밍에 칸사이 본부의 높으신 분들이 또 아이돌 장사를 시작할 것 같은 생각이 들었다.

하지만 으음…….

"……여초연 애들은 어떻게 생각해?"

"재미있었으니까 또 무대에 서고 싶지만, 장님 장기는 절대 하기 싫대요!"

뭐, 그렇겠지.

장님 장기는 분위기 띄우는 데 좋아서 장기 이벤트에서 흔히 하지만 프로 기사도 엄청 부담감을 느낀다.

또 여초연 애들을 무대에 세운다면…… 이번에는 노래와 춤을 준비해서 완벽한 상태에서 무대에 올리는 것이 스승의 소임일^{프로듀서} 것이다.

"그러고 보니 그 후로 아직 1년도 채 지나지 않았는데, 내 제자가 여류기사가 됐네~. 정말 믿기지가 않아."

"저도 마찬가지예요……."

아이는 가라앉은 목소리로 그렇게 말했다.

낮에 타이틀전을 보면서 아이에게 너무 겁을 준 걸지도 모른다.

이 아이의 재능에 이끌려, 한꺼번에 너무 많은 것을 가르친 것 같지만…… 이 애는 아직 열 살밖에 안 된 여자애다.

시간은 많이 있다. 조금씩 가르치면 된다.

"뭐, 여류기사의 일이나 마음가짐 같은 것은 나도 모르는 부분이 많거든. 이번 타이틀전에서 선배 여류기사들을 관찰하면서 배우도록 해."

"아…… 예!"

아이는 기쁜 듯이 고개를 끄덕인 후, 내 등을 꼭 끌어안았다.

하루라도 빨리 어엿한 여류기사가 되어 줬으면 하지만…… 이렇게 어리광을 부릴 때마다, 그런 내 결의가 허무하게 무너지고 만다. 진짜 귀엽네. 젠장.

◯

그날 밤.

신쿄고쿠를 돌아다닌 후, 회장이 잡아준 호텔에 들어간 우리는 일찌감치 잠을 자기로 했다.

온천 여관이 아니라 시티호텔이라 딱히 할 것도 없고, 타이틀전 전야제나 관계자들만이 동석하는 식사자리 같은 것도 두 대국자의 피로를 고려해 열리지 않았다. 전야제는 제2국의 전날에 한 것이 제3국의 전야제도 겸하고 있는 느낌이다.

나는 혼자서 방 하나를 썼고, 아이는 오가 씨와 같은 방에 묵기로 했다.

우리 사제지간이 한 방을 써도 괜찮고, 갑작스럽게 묵게 된 것이니 싱글 룸을 둘이서 쓰게 되어도 괜찮다고 말했지만…….

『타이틀 보유자, 그것도 최고위인 용왕에게 2인실에 묵게 할 수는 없죠. 당신은 장기계의 장래를 책임질 존재이니, 슬슬 자각해 주세요. 초등학생 여제자와 호텔에서 한 방을 쓰는 건 절대 안 됩니다. 싱글 룸을 둘이서 같이 쓰는 것 또한 당치도 않죠. 알겠습니까?』

회장님이 그러니 말하니, 따를 수밖에 없었다.

온화한 회장님이 단호한 어조로 말했으니 그만큼 중요한 거겠지. 평소에 한집에서 같이 살고 있는 제자일지라도 말이다.

역시 영세명인 정도 되면, 격식 같은 것도 의식하는 것 같았다. 나도 좀 배워야겠어…….

"하암~……. 오늘은 많이 걸어서 그런지, 금방 잠들 것 같네……."

장기 기사 중에는 야행성이 많지만, 실내 활동에 치중하는 사람이 대부분이라 조금만 운동을 해도 바로 지친다.

나는 초등학교 3학년 때 초등학생 명인이 되고, 중학생 때 프로 기사가 됐으며, 고등학교에 다닐 나이에 용왕이 됐다. 즉, 또래 장기꾼 중 최고이자, 실내활동파의 대표주자인 장기계에서 연대별 대표 같은 존재다. 실내활동파의 왕중왕인 것이다. 즉, 다리 아파~.

아직 9시밖에 안 됐지만, 벌써 졸리기 시작했다.

나는 충전 중인 스마트폰을 머리맡에 뒀다.

알람을 설정하려고 화면을 보니, 아이에게서 LINE이 와 있었다.

『사부님~ 안녕히 주무세요.』

호텔에 있는 목욕 가운을 걸친 아이와 오가 씨의 사진 또한 첨부되어 있었다. 사이가 좋아 보여서, 이 사부는 안심이 되는군요.

"그럼 나도 슬슬 잘까……."

내가 침대 안에 들어가서 눈을 감은 후, 그대로 잠에 빠져들려던 순간——.

똑, 똑, 똑.

누군가가 문에 노크를 하는 소리가 들렸다.

내 방……인가?

"이런 시간에 누구지?"

술에 취한 츠키요미자카 씨가 쳐들어온 건가 싶어서 긴장하면서 문을 열어보니——.

뜻밖의 인물이 문앞에 서 있었다.

"……쿠구이 씨?"

"산책이나 같이 하재이."

"예?"

…………뭐? 산책?

"저기, 쿠구이 씨……."

관계자들에게 들키지 않도록 몰래 호텔을 빠져나온 나는 앞장을 서고 있는 내일의 주역에게 낮은 목소리로 말을 건넸다.

"이런 시간에 어디 가는 건가요? 편의점?"

"더, 좋, 은, 곳♡"

후시미 이나리 신사의 여우처럼 입술 가장자리를 살짝 추켜올린 쿠구이 씨는 그렇게 말했다.

아까부터 목적지를 알려주지 않았다. 불안만 엄습하네…….

호텔에서 멀어지자, 우리는 나란히 걷기 시작했다.

저녁때 아이와 함께 걸었던 신쿄고쿠를 지난 우리는 시죠 오오하시 쪽으로 향했다.

술집이 많은 구역이라 그런지, 밤인데도 사람들로 북적였다.

나는 불길한 예감이 들었다.

"……혹시 술 마시러 가려는 거예요?"

"용왕 씨. 내가 그렇게 나쁜 애 같아 보이는 기가?"

쿠구이 씨는 히죽거리며 그렇게 말했다.

훨씬 더 극악한 사람 같아 보였다. 진짜로 어디에 끌고 가려는 걸까?

그런 내 불안은 오랫동안 이어지지는 않았다.

"여기대이."

시죠 오오하시의 난간에서 몸을 쑥 내민 쿠구이 씨는 부채를 펼치더니, 강가에 모여 있는 사람들을 연극이라도 하는 듯한 몸짓으로 가리키면서 이렇게 말했다.

"이게 바로 카모가와의 명물인 '등간격 커플' 입니대이!"

"…………흐음~."

확실히 유명하기는 하지만…… 대국 전날에 호텔을 빠져나오면서까지 볼 건 아니지 않을까?

"그건 그렇고, 진짜로 같은 간격으로 앉아있네요. 무슨 룰이라도 있는 걸까요?"

"연애에 룰 같은 건 없대이."

쿠구이 씨가 좀 멋진 말이라도 했다는 듯이 "홋……." 하고 웃음을 흘리며 머리카락을 쓸어넘기자, 나는 오래간만에 짜증이 치솟았다.

확 내버려 두고 돌아가 버릴까.

"……그런데 무슨 일이죠? 설마 이걸 보여주려고, 자려고 폼 잡은 사람을 호텔 밖으로 끌고 온 건가요?"

"용왕 씨, 낮에는 제자와 함께 교토를 돌아봤재? 기왕이면 어른의 교토도 즐겨봐 줬으면 한 기다. 진짜배기 교토 말이대이."

"낮에 돌아본 것만으로도 만족했다고요. 뭐, 카모가와도 유명하지만 아라시야마와 사가노의 대나무숲을 비하면…… 좀 그렇잖아요?"

"부우……."

쿠구이 씨는 입술을 삐죽 내밀더니──.

"오늘 제2국에서 실력을 발휘 못한 건 장소가 나빴기 때문이대이."

……뜻밖의 말을 했다.

"텐류지는 내한테 어웨이라 한 하나."

"어웨이?"

"그릇다."

나는 쿠구이 씨의 말이 이해가 안 되어서 고개를 갸웃거렸다.

교토는 이 사람의 홈그라운드잖아……?

내가 미심쩍은 표정을 짓자, 쿠구이 씨는 힘차게 말을 늘어놓았다.

"애초에 텐류지는 고다이고 천황의 넋을 기리기 위해 아시카가 타카우지가 건립한 절이대이. 칸토에서 온 난폭한 인간이 천황을 봉하기 위해 세운 기다. 그런 곳에서 대국을 하면 내가 불리해질 게 뻔하지 않나."

"그…… 그런, 요?"

왠지 억지 같은데…….

"애초에 사가는 교토에 속하지 않는대이. 도성에 보낼 채소를 기르거나, 쉬는 날에 당일치기 여행이나 가던 장소였다 아이가. 그런 시골에서 장기를 두니, 퍽퍽한 고구마 같은 수밖에 못 두는 기다!"

"…………."

사가 사람은 절대 들으면 안 될 말이네…….

오늘 대국에서 졌기 때문인지, 쿠구이 씨는 평소와 다르게 꽤나 마음이 거칠어져 있는 것 같았다.

기자회견 때는 아무렇지 않은 척했지만, 실은 너무 분한 나머지 주위 사람들에게 화풀이를 하고 싶은 게 틀림없다.

이런 한밤중에 나한테 산책을 하자고 한 것도, 혼자 방에 틀어박혀 있으니 오늘 뒀던 장기가 계속 생각이 났기 때문이리라.

누군가와 이야기를 하면서, 강제적으로 기분을 전환할 필요가 있다고 생각한 것이다.

이것도 어엿한 승부술 중 하나다.

"알았어요. 알았다고요."

나는 어깨를 으쓱했다.

"기분이 풀릴 때까지 어울려줄 테니까, 하다못해 어디에 가려는 건지라도 알려주세요."

"대국장을 살펴보러 갈 끼다."

"그러고 보니…… 제3국은 카모가와의 강가에서 두죠?"

"그렇대이. 강가에 특설 무대를 만들고 두는 기다."

쿠구이 씨는 약간 자랑하는 듯한 어조로 설명했다.

"카모가와의 강가는 여름에 하는 『노료유카』라는 행사로 유명하지만 강가에서 가부키(歌舞伎)를 하는 것도 최근 트렌드대이. 이번 앵화전에서는 가부키 무대를 빌려서 장기를 두기로 되어 있재. 어제보다 훨씬 주목을 받을 거대이."

"가부키 무대를…… 말인가요."

"가부키가 교토의 강가에서 시작됐듯, 장기도 교토의 오오하시 가문이 본류가 되면서 발전했대이. 현재 쓰이는 장기말을 만든 것도 교토의 귀족인 기다."

나도 사부님과 나이 지긋한 기사한테서 그런 이야기를 들은 적이 있다.

장기의 발상지는 교토 지방, 즉 칸사이 지방이다.

그래서 칸사이 기사는 자신들이야말로 장기의 적통을 이었다는 생각을 가지고 있다.

그러고 보니 본인방 슈마이 선생님도 바둑기사의 계보는 교토-오사카 일대를 중심으로 하는 교토파와 에도(도쿄)를 중심으로 한 에도파 기사의 계보가 있다고 했다.

"쿠구이 씨의 조상님도 장기말을 만들었나요?"

"먹고살기 힘들 때는 다른 일도 했다고 들었대이. 장기말도 만들고, 카루타도 만들었다고 들웃다."

"쿠구이 씨의 조상님도 그런 일을 했었군요. 의외네요. 어느 시대 이야기인가요?"

"에도 시대일 기다~."

예상했던 것보다 훨씬 옛날 일이다. 역시 교토의 전통 있는 가문이네……

"그것 말고 다른 것도 한기다. 춘화도 그렸다고 들었대이."

"춘화?"

"요즘 말로 하면 야한 만화대이."

야, 야한 만화?!

"에도의 우키요에와는 다르게, 교토는 육필화(肉筆畵)——그

림에 직접 물감을 칠해서 그리는 그림이 주류였대이. 그런 만큼, 교양 있는 귀족이 하는 부업으로는 딱이었던 기다."

"아하, 그래서 쿠구이 씨도 에로틱한 바디…… 쿨럭쿨럭!! 그, 그래서 쿠구이 씨는 문장이나 사진에 재능이 있는 거군요. 하지만 그렇게 야한 게 아니라 평범한 그림을 그려도 될 것 같은데요."

"어느 시대에나 그런 얇은 책만 팔리니까 어쩔 수 없는 기다."

얇은 책……?

귀에 익지 않은 말을 의도적으로 무시한(어차피 몰라도 되는 말이다) 나는 대화를 이어나갔다.

"그런데 그 무대라는 건 여기서 볼 수 있나요?"

"좀 더 상류까지 올라가야 할 끼다. 산죠 오오하시 근처까지 말이대이."

"다음 다리 근처까지 올라가야 하는 건가요?"

"그렇대이. 폰토쵸 가무 연습장이라는 곳이 있는디, 그 부근일 기다. 이제 어두워져서 그런지, 여기서는 잘 안 보인대이."

"어떻게 할까요? 걸어갈까요?"

산죠라면 여기서 역 하나 정도 떨어진 곳이다. 그렇게 멀지는 않을 것이다.

"좋네. 가 보자."

쿠구이 씨는 그렇게 말하더니, 나와 팔짱을 끼며 몸을 밀착시켰다.

밀착…… 어어어어어?!

"자, 잠깐?! 어어어?! 왜, 왜 들러붙는 거예요?!"

"카모가와의 강가에 내려간다 아이가. 커플처럼 행동하는 게 예의 아니긋나? 이게 교토 스타일이라는 거대이."

그런 거야?! 교토 스타일이라는 게 그런 거냐고!

하지만 오늘은 교토 시내에 장기 관계자가 잔뜩 있다. 이 근처에 한잔하러 온 관계자도 있을 것이다.

이런 모습을 남들이 본다면……!

게다가, 그걸, 아이와 사저에게 일러바친다면……!!

"무, 무대를…… 구경하러 가는 거 맞죠?! 그렇죠!"

"구경, 구경~."

쿠구이 씨는 즐거운 듯한 어조로 그렇게 말하더니, 자신의 풍만한 가슴 계곡에 내 왼팔을 끼우듯 몸을 밀착시킨 채 카모가와의 강가로 내려갔다.

△

"여기가 좋겠대이."

강가로 내려온 쿠구이 씨는 적당한 타이밍에 다른 커플이 이동한 덕분에 비어있던 공간을 발견하더니, 걸음을 멈췄다.

"자, 앉그라♡"

"예에?"

쿠구이 씨는 내 팔을 잡아끌면서 태연히 강가에 털썩 앉았다.

어……?

"잠깐, 어? 앉으라고요? ……왜요?"

"으음…… 피곤하니까?"

"겨우 서른 걸음 걸었잖아요!"

게다가 이유도 완전 대충대충이잖아!

"내일 대국의 무대를 보러 가는 거잖아요?! 그래서 호텔을 빠져나온 거죠?!"

"뭐, 내일 보는 것도 재미있을 거대이."

"대체 뭐 하러 나온 건대요?!"

내가 무심코 고함을 지르자, 주위에 있는 커플들이 인상을 쓰면서 일제히 우리를 쳐다보았다.

"뭐야?"

"사랑싸움?"

"여자애한테 소리친 거야? 진짜 저질이네……."

큭……!

휘둘리고 있는 건…… 피해자는, 나인데……!

"용왕 씨, 그렇게 큰 소리 내믄 주위 사람들에게 폐가 된대이. 빨리 몬 앉나. 그리고 내와 천천히 이야기나 하자♡"

"………………."

나는 내키지 않지만, 자리에 앉았다.

다시 말해두겠는데, 진짜로 내키지 않는다고.

『나도 드디어 카모가와 등간격 커플 데뷔……!』, 『게다가 이 자리에서 최강의 미녀와 같이 있거든? 완전 인생 승리자 아냐?』, 『쿠구이 씨는 너무 글래머하지 않나……』 같은 생각은 전혀 안 했거든?

쿠구이 씨는 가방에서 보온병을 꺼내더니, 컵에 내용물을 따라서 내밀었다. 이러니 마치 소풍이라도 온 것 같네.

"자아, 차 마시그라."

"……잘 마실게요."

고함을 지르느라 목이 말랐던 나는 순순히 그 차를 받아서 마셨다.

그리고 한 모금 마신 순간——.

"윽……! 맛있어…………."

너무 충격을 받은 탓에, 맛있다는 말만 입에서 나왔다.

그리고 맑은 맛 덕분에, 곤두서 있던 내 신경이 순식간에 차분해지는 것이 느껴졌다.

이, 이게 차야?! 차라는 게 이렇게 맛있는 거였어?!

혹시 이게 진짜 차라면, 내가 칸사이 장기회관에서 대국 중에 마시는 장려회 회원이 끓인 차 같은 건 구정물이나 다름없다는 생각이 들었다.

칸사이의 차는 칸토의 차보다 훨씬 맛있다고 들었는데…… 방금 마신 차에 비하면 비차(飛車)와 보(步)만큼 차이가 났다.

'차'라고 부르면 안 될 것 같아…….

'차님'이라고 부르고 싶어질 만큼 고귀한 맛이야……!

"맛있을 기다. 내가 호텔에서 직접 끓인 차니까 말이대이. 카라스마의 신사에 있는 우물에서 뜬 좋은 물과 우지산 녹차로 끓였다 아이가."

"그래서 이렇게 맛있는 거군요……."

나는 쿠구이 씨가 끓인 차를 한 모금 더 맛봤다.

쓴맛 안에 아름답게 존재하는 단맛과 풍미, 그리고 개운한 뒷맛.

게다가 차가워서 마시기 좋았다.

"차가운 녹차도 맛있네요."

"급랭을 시키면 향기와 맛을 유지시킬 수 있대이. 따뜻할 때는 산화도 빠르다 아이가."

쿠구이 씨는 자랑스레 그렇게 설명하더니, 가방 안에서 다른 아이템을 꺼내서 보여줬다.

"그리고 이게 바로 호텔의 주방을 빌려서 만든 구운 주먹밥입니대이!"

"비, 빈틈이 없네요……."

"그렇재? 내는 이렇게 헌신하는 여자인 기다."

쿠구이 씨는 알루미늄 포일로 싼 주먹밥을 나에게 내밀더니, 싱글벙글 웃으며 말을 이었다.

"아이 양 같은 독점욕 덩어리도 아이고, 긴코처럼 툭하면 삐지지도 않는 기다. 그저 곁에 둬주기만 해도 만족인 기라. 편한 여자재?"

"어??? 그게 무슨 소리예요?"

"후후후. 과연 무슨 소리일 것 같노?"

쿠구이 씨는 의미심장한 어조로 그렇게 말하며 웃더니, 내 어깨에 머리를 얹었다.

찰랑거리는 머리카락이 볼에 닿더니, 엄청 좋은 향기가 코끝을

스치면서…… 심장이 야생마처럼 날뛰기 시작했다.

"저, 저기…… 너무 가까운데요…….'

"다들 이러고 있다 아이가. 다들 남들이 뭐 하는지 신경 안 쓴대이. 이렇게 어두우니까, 더 그렇고 그런 짓을 하는 사람도――."

더…… 더, 그렇고 그런 짓?! 이라고?!

내가 그 말을 듣자마자 무심코 쿠구이 씨 얼굴을 보니――.

"후후♡ 와 그라노~?"

"…………아, 아무것도, 아니에요…….'

내 음흉한 속내를 꿰뚫어보는 듯한 미소였다.

겨우 두 살 차이가 날 뿐인데, 쿠구이 씨는 나보다 훨씬 어른이었다.

――나를 완전히 가지고 놀고 있네…….

"……차 한 잔 더 줄래요?"

"구운 주먹밥도 먹어 보그라♡"

남들이 보면, 여자 대학생 누님에게 보살핌을 받고 있는 고등학생 같아 보일 것이다.

정말 닭살 커플처럼 보일 것이다.

하지만 평소에 어린 여자애를 돌보고 있는 입장이라 그런지, 이렇게 남이 나를 돌봐주는 시추에이션도 꽤나 신선하게 느껴지네…….

내 두 제자와 여초연 멤버, 그리고 사저라거나, 사저라거나, 사저라거나…… 내 주위에는 자기주장이 지나치게 강한 연하가 많다.

© shirabii

역시 나는 케이카 씨나 쿠구이 씨 같은 연상이 취향일지도 모른다…… 같은 생각을 하면서, 나는 마을 불빛을 반사하고 있는 강을 응시했다.

이렇게 한동안 아무 말 없이 시간을 보낸 후——.

쿠구이 씨는 불쑥 이런 말을 입에 담았다.

"……내는 항상, 료보다 한 수 아래였대이."

"한 수 아래……라고요?"

"초등학생 명인전. 기억하고 있재?"

"물론이죠. 우리는 그때 처음 만났잖아요."

내가 초등학교 3학년이었고, 쿠구이 씨는 초등학교 5학년이었다. 벌써 8년도 지난 일이다.

준결승전 대진은——.

칸나베 아유무(초5) VS 쿠즈류 야이치(초3).

츠키요미자카 료(초5) VS 쿠구이 마치(초5).

"지금 생각해 보면, 정말 화려한 대진이었네요. 그리고 여자애가 두 명이나 준결승에 남는 것도 드문 일이라고 들었어요."

"우승한 것도 사상 최연소인 초등학교 3학년이었다 아이가."

"하지만 다음 해에 초등학교 2학년인 사저가 그 기록을 깨버렸죠……."

여자이자, 게다가 사상 최연소.

그렇게 갈아치워진 내 기록은 사람들의 기억 속에서 사라졌다. 역시 그 여자는 옛날부터 눈엣가시였어…….

"내는 준결승에서 료한테 지고, 스튜디오 구석에서 울고 있었는디…… 그때, 야이치 군이 내한테 말을 걸어줬재."

"그야 마치…… 쿠구이 씨가 엉엉 울고 있으니까……."

옛날부터 케이카 씨에게…….

『잘 들어, 야이치 군. 우는 여자애를 보면 달래주도록 해. 그게 남자의 도리야.』

……같은 말을 들었기에, 그것을 실천에 옮겼을 뿐이다.

뭐, 지면 울고불고 난리를 치는 사저를 나보고 달래라는 뜻에서 한 말이지만…… 그게 쿠구이 씨와 알고 지내게 되는 계기가 된 것이다.

"그 이후로 나는 장려회에 들어갔고, 칸토의 연수회에 들어간 쿠구이 씨와 연맹에서 만나게 됐죠. 때때로 츠키요미자카 씨도 원정을 하러 오기도 했고요. 칸사이의 장려회에 들어간 아유무와 넷이서 절친이랄까 라이벌이랄까, 신기한 동료의식이 생겨났──."

"넷이 아니라 셋이대이."

"예……?"

"내는 거기에 끼지 않는다 아이가. 장려회에 안 들어갔으니까 말이대이."

쿠구이 씨는 뜻밖에도 차가운 어조로 그렇게 말했다. 나는 그게 뜻밖이었다.

──그런 식으로 생각하고 있었구나…….

확실히 우리 넷 중에서 쿠구이 씨만이 장려회에 들어가지 않았다.

하지만 장려회를 거쳐서 프로가 된 건 나와 아유무뿐…….

"료는 장려회에 들어갔대이. 결국 강등을 당해 탈퇴하기는 했지만…… 그래도 내는 도전조차 못한 기다."

츠키요미자카 씨는 여류기사가 된 후, 그 자격 취득을 미루고 중학교 2학년 때 5급으로 장려회에 들어갔다. 당시에는 그런 게 가능했다.

하지만 장려회에서 꽤나 고생을 한 것 같았다.

그 기가 센 츠키요미자카 씨가 1년 만에 탈퇴를 선택할 수밖에 없을 정도로 말이다…….

"하지만 내는 도전조차 못 했대이."

강 건너편…… 아니, 더욱 먼 곳을 응시하면서, 쿠구이 씨는 말을 이었다.

"가족과 스승이 반대했기 때문이기도 하지만 그건 변명에 지나지 않는대이. 내는 결국 장려회에 도전할 만큼 내 재능에 자부심을 가지고 있지는 못했던 기다."

"……장려회에 들어가는 게 꼭 올바른 건 아니에요. 사람마다 강해지는 방법이 다르니——."

"거짓말이대이."

"윽……."

"혹독한 상황에 자신을 몰아넣으며, 강한 상대와 싸운다. 그것 말고 강해질 방법이 있을 리가 없다 아이가. 긴코가 증거대이. 그 애가 만약 프로가 못 되어서 여류기사가 된다고 치자. 그래서 모든 여류기전에 출전하게 된다면, 간단히 여류의 여섯 타이틀을 석권하겠재……. 그렇게 되면 우리는 그대로 쓸모없는 존재가 되는 기다."

"하, 하지만…… 쿠구이 씨는 다재다능하잖아요! 기자로서도 충분히 능력이 있고, 학력도 뛰어나요. 나는 중졸이라고요."

"대학에 들어간 것도, 관전기자가 된 것도, 결국 내 재능에 자부심이 없기 때문인 기다. 부모님은 '장기를 관두고 빨리 결혼해라.' '장기 일이 하고 싶으면 하다못해 신문사에 들어가라.' 같은 소리를 하고 있대이. 내는 그걸 이유 삼아서 도망치고 있을 뿐인 기다……!"

쿠구이 씨의 목소리는 서서히 격렬해지고 있었다.

마치…… 지금의 자기 자신을 싫어하고 있는 것만 같았다.

"오늘 진 것도 당연하대이. 료는 퇴로를 끊고 장기에만 모든 걸 쏟았다. 하지만 내는 도망칠 길을 만들어서 생명줄로 몸을 둘둘 말지 않으면, 장기를 두지도 못하는 기다."

"오…… 오늘 지기는 했지만, 쿠구이 씨는 지금까지 타이틀을 지켰잖아요. 멋진 기보도 잔뜩 남겼잖아요."

쿠구이 씨는 "흥!" 하고 코웃음을 쳤다.

"여류기사의 기보 같은 것에는 가치가 읍다. 지금까지 단 한 번이라도 여류의 장기가 명국상을 받은 적이 있기는 하나? 기사의 사명이 기보를 남겨서 장기의 발전에 기여하는 기면…… 내 존재의의는 장기계에 없는 기다. 그렇재?"

"…………."

"예쁘장한 옷을 입고, 화려한 무대에 서서, 수많은 사람들의 시선을 받으며, 집중을 못하는 상태에서 장기를 둔다. '여류의 장기는 역전이 자주 발생해서 재미있다.' 같은 소리를 들으면서 말이재. 그딴 건 장기가 아니대이! 단순한 구경거리인 기다! 산성앵화 같은 이름만 번드르르한 타이틀이 그 증거 아이가!!"

아니라고 말하는 것은 간단하리라.

하지만 쿠구이 씨는 나 같은 애보다 훨씬 똑똑하다. 속 빈 강정 같은 말은 간단히 꿰뚫어 볼 것이며, 오히려 마음에 상처를 입을 것이다.

그래서 나는 아무 말도 하지 못했다.

기사의 존재의의는 누군가에게 평가받아야 생겨나는 게 아니라는 사실을 알기 때문이다.

그저, 승리를 통해서만 얻을 수 있는 것이다.

자신이 생각하는 이상향과 노력의 성과가 올바른지는 승패라는 형태로 장기가 가르쳐 준다. 인간의 말에는 의미도, 가치도 없다.

자신이 가치가 있는지는, 장기를 통해 증명할 수밖에 없는 것이다.

하지만——.

"……응수 장기는 수명을 갉아먹으면서 둔대이. 내 마음도, 몸도, 이미 너덜너덜한 기다……. 궁지에 몰린 동굴곰처럼……."

"그건……."

오늘 대국에서 져서 마음이 약해진 게 아니다.

어릴 적부터 장기를 쭉 두며, 괴물 같은 사람들 사이에서 싸워

온 쿠구이 씨는 지칠 대로 지치고 만 것이리라.

응수 장기는 확실히 심신을 소모시킨다.

내 스승도 『강철류』라 불리지만, 고통스러운 시간을 견뎌내기 위해 무심코 이를 악무는 버릇이 있어서 어금니가 닳아버린 바람에 의치를 할 수 없다고 한다. 그리고 공격적인 장기를 두는 츠키미츠 회장에 비하면 동갑으로 보이지 않을 만큼 겉늙어 보인다.

게다가 기사의 평균 수명은 일반적인 평균 수명보다 짧다.

나도 굳이 따지면 응수 장기로 평가받고 있다. 옥(玉)의 방비는 견고하지 않지만, 그 옥(玉)을 교묘하게 조종해서 이기는 장기를 둔다고 여겨진다.

하지만 나는 상대의 공격을 종이 한 장 차이로 간파하는 스릴을 즐기고 있을 뿐, 딱히 '응수'를 의식하고 있는 건 아니다.

나는 응수나 공격에 치중하지 않는다. 장기의 모든 것을 즐기고 있기 때문이다.

'응수를 고통스럽게 여기지 않는다'는 것은 기술이 아니라 성격에서 기인한다.

표면적으로는 아무렇지 않은 척하더라도, 본질적인 성격을 바꾸는 것은 어렵다. 그리고 성격은 대부분 선천적인 것이다.

지금 괴롭게 느끼면…… 앞으로도 쭉 괴로울 것이다.

기사로서 살아가는 한, 쭉 말이다.

"하지만………… 아무리 고민해도, 아무리 괴로운 일을 겪어도…… 역시 장기를 관둘 수는 없대이."

"장기를 좋아하기…… 때문인가요?"

"……그런 것 같대이."

쿠구이 씨는 내 얼굴을 쳐다보면서 말을 이었다.

"내 장기는…… 그저 끈질기기만 할 뿐인, 재능이라고는 눈곱만큼도 느껴지지 않는 내 장기는 싫지만, 재능 있는 사람의 장기는 좋아한대이. 정말 좋아한대이."

"나도 그래요. 누구나 자신이 가지지 못한 것을 갈구할 거라고 생각해요."

이 말을 할지 말지 고민했지만——.

나는 결국, 그 말을 입에 담았다.

"나도, 쿠구이 씨 같은 끈질긴 장기를 두고 싶다고 생각하거든요."

"…… '끈질기다' 는 말은 여자에게 칭찬이 아니대이."

"미안해요."

나는 고개를 숙인 후, 상대방의 눈을 똑바로 쳐다보며 말했다.

"하지만 나는 역시 쿠구이 씨의 장기를 좋아해요."

"윽……!"

지금까지 쭉 '누나' 였던 쿠구이 씨의 표정이 무너졌다.

초등학생 때, 장기로 지고 울던 여자애—— '마치' 의 얼굴로, 지금 이 순간만 돌아갔다.

그리고, 새빨개진 얼굴을 반대편으로 돌리더니…….

"…………누구 땜시 관두지 못하게 된 건디…….."

"예?"

쿠구이 씨가 고개를 돌린 채 중얼거리자, 나는 물었다. 강물 흐르는 소리가 의외로 크기에, 중얼거리는 목소리는 잘 들리지 않았다.

고개를 숙이고 있던 쿠구이 씨는 힘차게 고개를 들었다.

"내 이야기는 이걸로 끝이대이! 다음은 용왕 씨 차례인 기다!"

"예?!"

"료한테는 재미있는 이야기로 즐겁게 해 줬댔재? 그럼 내한테도 이야기해줘야 공평하지 않긋나? 입회인한테 고자질해서 문제 삼게 해쁜다?"

"어? 으으~……."

이런 바보 같은 일을 크게 만드는 건 솔직히 피하고 싶었다.

쿠구이 씨는 풍만한 가슴을 나에게 밀착시키면서…….

"자아. 내도 즐겁게 해도~."

"으, 으음. 그럼──."

쿠구이 씨는 현재, 타이틀 보유자로서의 의무를 다하려 하면서도, 동시에 그 압박감에 짓눌리고 있었다.

그렇다면…… 뭔가 참고가 될 만한 이야기를 해 주고 싶다.

그리고 하다못해, 내 이야기를 듣는 동안만이라도 즐거워 했으면 한다.

잠시 동안이라도 장기 생각을 잊고, 즐겁게 웃어줬으면 한다.

평소처럼 웃으며, 나를 놀려줬으면 한다.

동요를 억누르며 기억의 매듭을 살피던 나는 자신에게 주어진 의무를 처음으로 완수했을 때를 떠올렸다.

타이틀 보유자로서, 용왕으로서, 처음으로 장기 이외의 일을
해냈을 때를———.

최정상 기사가
하는 일!

"바쁘실 텐데, 이렇게 불러서 미안합니다."

그 일은 느닷없이 일어났다.

초여름. 5월도 끝자락에 접어들어서, 장기계도 새로운 순위전을 앞두고 긴장에 사로잡히고 있을 즈음이다.

나는 새롭게 들인 제자인 야샤진 아이와 얽힌 소동이 일단락되면서, 자신의 대국에 집중하자고 생각했지만…….

칸사이 장기회관의 이사실로 나를 부른 츠키미츠 세이이치 장기연맹 회장은 평소처럼 온화한 목소리로 이렇게 말했다.

"실은 용왕에게—— 장기 이외의 일이 들어왔답니다."

"윽!!"

——왔구나……!

내가 벌떡 일어서자, 회장의 옆에 서 있던 비서인 오가 사사리 여류 초단이 놀란 것처럼 안경을 고쳐 썼다.

"용왕? 왜 갑자기 일어선 거죠?"

"아, 그게…… 저기…… 이, 일이라는 말을 듣고 기합이 들어가서……."

"호오. 믿음직하군요."

회장은 눈이 보이지 않기 때문인지 딱히 놀라지도 않으며 미소 띤 얼굴로 그렇게 말했다.

오가 씨는 나를 힐금 쳐다보며 입을 열었다.

"설명을 계속해도 될까요?"

"아, 예. 그러세요……."

내가 다시 의자에 앉자, 오가 씨는 가볍게 헛기침을 하더니 연맹 경유로 나에게 온 '장기 이외의 일'의 내용을 말하려고 했다.

그 전에, 설명을 할까 한다.

장기 기사는 두 가지 루트로 일을 받는다.

장기연맹에 속했다고는 해도, 프로 기사는 개인사업자다. 즉, 개개인이 독립적으로 활동하고 있는 것이다. 당연히 들어온 의뢰의 수락 여부 또한 자유롭게 정할 수 있다.

그리고 또 하나가 바로, 연맹을 통해 일이 들어올 경우다.

장기연맹에는 일본 전국으로부터 장기에 관한 다양한 의뢰가 들어온다. 장기대회의 심판부터, 기업 장기부 고문이나 잡지 인터뷰, TV 출연 등등…….

그렇게 연맹에 들어온 일은 업무 내용과 각 기사에 대한 공평성을 고려해 배정되지만…….

문제는 바로 내가 타이틀 보유차라는 점이다.

그것도 최고위인 용왕이라는 점인 것이다.

──타이틀 보유자에게는 그 타이틀의 격식을 지킬 의무가 있거든…….

타이틀이 없는 기사와는 다르게, 타이틀 보유자는 이벤트 같은데서 함부로 지도대국을 할 수 없다. 그리고 다른 타이틀전의 입회인 같은 일거리도 하면 안 된다.

즉, 할 수 있는 일이 매우 한정되는 것이다.

──그래서 지금까지 대국 이외의 일은 거의 들어오지 않았어……. 뭐, 그 덕분에 제자를 들일 여유가 있었다고도 할 수 있지만 말이야.

하지만 타이틀을 땄는데도 용왕으로서 세상에 나설 기회가 없는 것도 너무 쓸쓸했다.

그렇게 생각하고 있을 때, 이번 호출을 받은 것이다.

──즉, 드디어…… 용왕에게 걸맞은 일이 들어온 거구나!

이제까지는 '아무리 용왕이라도 어디서 굴러먹던 개뼈다귀인지 모르는 신인에게 부탁할 일은 없어~.' 같은 소리를 하던 세간이 드디어 나에게 일을 주기 시작한 것이다.

그것은 내가 최정상 기사로서 세간에 인정받기 시작했다는 것을 의미했다.

기합이 들어가지 않을 리가 없다. 완벽하게 해내서, 앞으로도 일을 왕창 받을 수 있도록 힘내야지!

예전에 여러 타이틀을 동시에 보유한 적도 있는 회장은 그런 내 마음을 꿰뚫어 본 것처럼, 잔뜩 뜸을 들인 후에 입을 열었다.

"우선 첫 번째 일거리는──."

"으……!"

나는 마른 침을 삼키면서 회장의 말에 귀를 기울였다.

용왕인 나에게 처음으로 들어온 일은 바로──.

"월간 『로리의 친구』로부터 인터뷰 의뢰가 들어와 있습니다."

"우짜서?!"

나는 영세명인 앞에서 반말로 그렇게 고함을 질렀다. 이유가 뭐꼬?!

회장은 미소를 머금은 채 이렇게 말했다.

"가슴에 손을 얹고 생각해 보시죠."

"제가 로리콤이라는 건가요?! 그런 소리죠?! 그럼 나도 한마디 하겠어요! 나는 로리콤이 아냐아아아아아아아아아아아아아아아아아아앗!!"

하아…… 하아…… 하아…….

내가 어깨를 들썩이며 거친 숨을 내쉬고 있을 때, 회장이 이렇게 말했다.

"좀 진정이 됐나요?"

"……약간요."

"그럼, 어떻게 하겠습니까?"

"절대 안 해요! 거절해 주세요!"

"유감이군요."

회장은 전혀 유감스러워 보이지 않는 표정으로 어깨를 으쓱했다. 이 사람, 즐기는 게 분명해…….

"그럼 두 번째 일거리입니다만——."

나는 또 로리 관련 일거리인가 싶어 불신감을 온몸으로 표현하고 있었지만, 그것은 의외로 뜻밖의 의뢰였다.

"게임 감수 의뢰가 들어와 있군요."

"…………게임?"

"예. 게임 관련 의뢰는 꽤 많은 편이며, 연맹에서도 되도록 받아들이는 편입니다."

"그런가요?"

"장기도 게임이니까요. 저도 『츠키미츠 세이이치의 장기 지도』라는 패미콤 게임을 감수한 적이 있어요."

"엄청난 호평을 받으며 3탄까지 나왔죠!"

오가 씨는 마치 자기 일이라는 듯이 가슴을 펴며 그렇게 말했다. 당신은 패미콤 세대가 아니잖아······.

"용왕은 게임을 합니까?"

"뭐, 싫어하지는 않아요. 요즘에는 사부님도 스마트폰 게임을 즐기시죠."

"그럼 괜찮겠군요. 맡아 주겠습니까?"

"맡고 싶기는 한데······ 게임에도 여러 종류가 있잖아요? 어떤 게임이죠?"

아마 장기 관련 게임일 거라고 생각하지만 그래도 콘셉트에 따라 일의 내용도 매우 달라진다.

"글쎄요? 자세한 건 직접 만나서 이야기하고 싶다더군요."

"어디에 있는 회사인가요?"

"코베에 있습니다. 『YMM온라인』이라는 회사인데──."

"어?! 게임 쪽으로는 알아주는 대기업이잖아요!"

게임 업계에 대해 잘 알지 못하는 나도 알고 있는 회사이며, 인터넷 발전시기에 급성장한 기업이다.

특히 스마트폰 게임에 힘을 쏟고 있다.

중학교 시절 동급생들도 학교에서 그 회사 게임에 대해 자주 이야기했지······.

"그런 대기업이 왜 저한테 그런 일을 의뢰한 거죠? 용왕이라서 인가요?"

"그건 모르겠습니다만——."

회장은 조용히 고개를 저은 후, 의미심장한 어조로 이렇게 말했다.

"의뢰인은 용왕이 잘 아는 사람입니다."

내가 잘 아는…… 사람?

다음 날.

"여기구나……. 코베에 게임 개발실이 있었네."

코베역에서 전철을 내린 나는 역 앞에 있는 오피스 빌딩에 들어간 후, 안내 데스크의 여성에게 용건을 전달했다. 그리고 그 회사가 있는 층으로 향했다.

칸사이의 게임 회사 중 유명한 곳은 바로 교토에 있는 그 회사다. 포켓……이나, 마리…… 같은 걸 만든 그 회사 말이다.

"거기만큼 큰 회사는 아니지만, 생각했던 것보다 훨씬 번듯한 곳이네."

이런 곳에서 나에게 의뢰한 것도 용왕이라는 직함 덕분이리라.

안 그렇다면 어디서 굴러먹던 개뼈다귀인지도 모르는 신인 기사에게 게임 감수 같은 것을 의뢰할 리가 없다.

"하지만 회장이 좀 신경 쓰이는 소리를 하기는 했어. 내가 잘 아는 사람의 의뢰……. 하지만 내가 아는 사람 중에 게임 쪽 관계자가 있나?"

애초에 나는 중졸이며, 동급생은 아직 고등학생이다. 사회인 지인들은 하나같이 장기 관계자뿐인 것이다.

대체 누구지?

내가 사무실에서 기다리고 있을 때—— 뜻밖의 인물이 나타났다.

"쿠즈류 선생. 우리 회사에 와 줘서 고맙다."

"어?! ……아키라 씨?"

상대는 검은색 정장을 깔끔하게 차려입은 스무 살 여성이었다.

이케다 아키라 씨다.

내 제자인 야샤진 아이의 보디가드 겸 보호자다.

……그렇게 알고 있는데 말이다.

"선생, 왜 그러지? 내가 이런 데서 일을 하고 있는 게 그렇게 불가사의한 것이냐?"

"아니, 저기…… 밤낮 가리지 않고 항상 아이에게 들러붙어 지내는 줄 알았던지라…….."

"나를 뭐라고 생각하는 거지? 그래서야 변태나 다름없지 않느냐."

그게 엄연한 사실이라고 생각하는데…….

"아무리 내가 아가씨의 보디가드라고 해도, 초등학교에까지 동행할 수는 없고, 그 시간에 그냥 놀고 있을 만큼 이 회사는 한가하지 않거든."

"아…… 그렇군요."

들고 보니 납득이 됐다.

아이의 할아버지는 슬롯머신과 연예 프로덕션 같은 것을 경영하고 있는 전직 조직폭력…… 쿨럭, 쿨럭! 시, 실업가! 그렇다, 실업가다.

아키라 씨는 그 회사의 사원이다. 일을 하는 게 당연한 것이다.

"그러니 젊은 감성을 살려 사업을 해 보라는 말을 듣고, 게임 회사를 차린 거다."

"아키라 씨, 프로그램 만질 줄 알아요?"

"아니, 나는 그런 건 전혀 할 줄 모른다."

어? 그럼 어떻게 게임을 만드는 거지?

"하지만 약속을 지키게 하거나, 자금을 회수하는 건 특기거든. 그런 특기를 살리고 있지. 게임 부분은 개발자들에게 전적으로 맡기고 있다."

"그, 그렇군요……."

이야기가 갑자기 블랙기업 느낌이 물씬 나는 쪽으로 틀어졌기에, 나는 빨리 용건을 이야기했다.

"그럼 이번에는 장기 게임을 만드는 거죠? 물론 최선을 다해 협력할게요! 내가 할 수 있는 일이 있다면 뭐든 말해 주세요!"

"으음, 그게 말인데——."

"장기 파트의 감수는 물론이고 CF에 나가거나 판촉 방송에서 장기 시연 등, 뭐든 시키면 다할게요."

"아니, 선생. 잠깐——."

"아, 맞다! 타이틀은 무엇으로 할 건가요?『쿠즈류 용왕 장기비전』이나『쿠즈류 야이치의 장기지도』…… 아니면 깔끔하게『쿠즈류 장기』는 어떨까요?"

"어이."

"아, 그래도 스마트폰 게임이라면 타이틀은 영어인 편이 좋을까요? 워즈나, 퀘스트, 로드, 그런 단어를 조합해서──."

"잠깐 기다려 봐라."

"예?"

"장기 게임을 만든다고는 한마디도 안 했을 텐데?"

"어?"

내가 얼이 나간 듯한 표정을 짓자, 아키라 씨는 영문을 모르겠다는 표정을 지으며 말했다.

"그렇게 마니악한 소재로 게임을 만들 리가 없지 않느냐."

마, 마니악?

그게 무슨 소리지……?

"스마트폰 게임은 남녀노소가 사전지식 없이 가볍게 즐길 수 있는 게 이상적이다. 장기는 룰이 복잡하고, 플레이 시간 또한 스마트폰 게임치고는 길지. 콘텐츠로서 상성이 좋지 않아."

"그, 그래도…… 스마트폰 장기 게임도 있잖아요……?"

게다가 꽤 히트를 친 것으로 알고 있다.

"확실히 있기는 하지만 비슷한 걸 만든다고 히트를 친다는 보장은 없지. 실제로 출시됐는데도 조기에 운영이 종료된 장기 어플리케이션도 잔뜩 있거든."

"……."

아키라 씨는 논리정연하게 말했다. 나는 너무 놀라서 말문이 막히고 말았다.

이 사람…… 멍청한 로리콤인 줄 알았는데, 머리가 좋네……. 장기 룰도 제대로 외우지 못하는 사람이라는 게 믿기지 않아…….

"하, 하지만…… 그럼 왜 나한테 감수를 의뢰한 거죠?"

"선생님의, 장기 이외의 일면을 높이 산 거다."

"장기…… 이외의 일면……?"

그게 뭐지?

내 이름으로 이런 소리를 하는 건 한심하지만 내가 제대로 할 줄 아는 것이라고는 장기뿐이다. 장기를 빼면 나는 그저 중졸 멍청이에 지나지 않는다. 세상에 도움이 될 만한 특기 같은 것은 가지고 있지 않은데…….

아키라 씨는 진지한 표정을 지으며 나에게 말했다.

"내가 쿠즈류 선생님을 안 지는 얼마 되지 않는다. 하지만 짧지만 농밀한 시간을 보냈다고 생각하지. 나는 나름대로 선생을 높이 평가한다……. 선생이 지닌 장기 이외의 재능을 말이야."

"아키라 씨……."

눈시울이 뜨거워졌어……. 장기판을 사이에 두고 앉았던 상대에게 높이 평가받는 것만큼, 기사에게 기쁜 일은 없다. 내가 할 수 있는 일이라면 무엇이든 다 해 주고 싶다는 생각마저 들었다.

"그런데, 내가 지닌 장기 이외의 재능을 활용할 수 있는 게임이 대체 뭐죠?"

"테마는…… '어린 여자애' 다!!"

"당신도 나를 로리콤 취급하는 거냐?!"

장기보다 훨씬 마니악하잖아~!

아니, 까딱 잘못하면 범죄 아니냐?!

하지만 내 절규 같은 건 산들바람 정도로 여기는 듯한 아키라 씨가 논리정연하게 나에게 의뢰를 한 이유를 설명했다.

"선생은 게임의 프로이며, 어린 여자애를 육성하는 데 있어서도 어엿한 실적이 있지. 아무리 재능이 있더라도 장기에 관해서는 명백하게 아마추어였던 히나츠루 양을 단시간에 그 정도 수준까지 길러낸 수완에는, 마찬가지로 어린 여자애를 돌보는 사람으로서 감복했다."

"그런……가요?"

확실히 프로 기사는 게임 공략이 능숙하며, 실제 게이머도 많기 때문에 장기 이외의 게임과 콜라보를 하기도 한다.

최근에는 『인랑(人狼)』이라고 해서 마피아게임과 비슷한 게임에 관한 게임에 관여했고, 장기 기사들의 TV 게임 소프트 플레이 동영상이 선전에 쓰이기도 했다. 그리고 나와 같은 세대인 칸나베 아유무 6단은 덱 같은 것을 짜서 대전하는 카드 게임에서도 프로급의 실력을 지녔다고 들었다…….

제자 육성으로 평가를 받은 것도 기쁘다.

나는 나름대로 제자의 재능을 길러주기 위해 시행착오를 하고 있으며, 그런 고생이 보답받은 듯한 느낌이 들었다.

"하지만 왠지 석연치 않은 느낌이 드는데요."

"에이, 선생. 모처럼 코베까지 왔으니, 기획서라도 읽고 판단해 보는 게 어때?"

"그럴까요……."

나는 비싸 보이는 소파에 앉은 후, 아키라 씨가 내민 기획서를 건네받았다.

손에 쥔 기획서의 첫 줄에 적힌 타이틀은 바로——.

『로리콤GO』

"…………."

현기증이…….

"이 게임은 획기적이지. 듣고 깜짝 놀라지 마라. 바로…… 현실과 게임이 링크되어 있다!"

"…………."

"스마트폰의 위치 정보 기능을 이용해서, 길가와 공터에 다양한 여자애가 출현하지."

"……그래서요? 그 여자애를 어떻게 하는데요?"

"볼을 던져서 잡는 거다."

"아우우우우우우우웃——————!!!!!!"

소파에서 벌떡 일어선 나는 두 손으로 X를 만들며 절규를 터뜨렸다. 원아웃.

아키라 씨는 불만 섞인 어조로 물었다.

"뭐? 대체 뭐가 아웃이라는 거지?"

"아웃의 다중구조예요! 아웃인 이유가 밀푀유처럼 포개져 있다고요!! 손쓸 방도가 없을 지경이라고요!!"

"처음에는 공이 아니라 왜건 차량에 실어서 포박하는 방법을 채용했었다만……."

"제정신이에요?!"

"리얼리티를 추구하려고 한 것뿐이다."

"너무 리얼하잖아요! 경찰한테 잡혀갈 거라고요!"

쿠지 ●스 선생님처럼 될 거라고!

"그렇다. 그런 우려 때문에 볼을 던져서 잡는 걸로 했지. 그 외에도 길을 걸을 때 여자애의 알을 품고 다녀서 부화시키는 방법도――."

"부화?! 여자애는 알에서 태어나는 거예요?!"

"그렇다. 여러모로 생각을 해 봤는데, 이런 표현이 가장 적당할 것 같아서 말이지. 어린애도 플레이할 가능성이 있으니, 너무 현실적인 표현을 쓰고 싶지 않아."

그래?

오히려 그게 더 아이들 정서에 나쁠 것 같은데?

"하, 하지만…… 그런 게임이 인기를 얻을까요? 평범한 사람들이 여자애를 잔뜩 모으기만 하는 게임을 즐길 것 같지는 않은데요……."

"여자애를 많이 모으면, '호텔'에서 대기하게 할 수 있지."

"…………."

"그리고 같은 종류의 여자애를 잔뜩 모아서 '시설'에 보내면,

로리팝 캔디가 된다. 육성하고 싶은 여자애에게 그 로리팝을 주면, '진화' 해서 더욱 강력한 여자애가 되는 거다!"

"진화시키면 대체 어떤 식으로 강해지는데요?"

"어려지면서 더욱 귀여워지지."

그건 진화가 아냐~. 유아퇴행이라고.

"그런 방식이 귀찮다고 느낀 어른 플레이어는 여자애를 '사는 것' 도 가능하다."

"어어어어어어어어어어어어이!!"

"선생, 왜 그렇게 흥분한 거지?"

표현! 표혀어어어언!!

"여자애를 '산다' 는 건 관두세요!"

"하지만 과금 요소가 없으면 돈을 벌 수 없다."

"그럼 좀 더 완곡한 표현을 써요! 뭐랄까…… 용돈을 준다, 같은 걸……."

"그편이 표현적으로는 더 음란하게 들리지 않을까?"

"그건 그러네요! 그래도 여자애와 돈이 얽히면, 무조건 음란하게 들릴 수밖에 없다고요!"

투아웃. 이제 물러설 곳은 없다.

"그럼 '오브' 를 사는 걸로 하지. 그리고 그 오브를 써서 여자애를 손에 넣거나 파워업 아이템을 산다는 건 어떨까?"

"뭐…… 그거라면……."

단계를 거칠수록 위법성이 흐려지는 것은 돈세탁과 같다는 느낌이 들었다.

아슬아슬하게…… 진짜로 아슬아슬한 공방전이기는 하지만…….

이만큼 배려하면 어찌어찌 출시는 가능할지도 모른다. 풀카운트 상황에서 어찌어찌 실점을 막은 거나 다름없는 상황인가…….

"그런데, 다른 시스템도 있나요?"

"공원이나 초등학교를 '로리 스팟' 으로——."

"말짱 꽝이라고, 이 멍청아!!"

나는 들고 있던 기획서를 동그랗게 말아서 바닥에 내팽개쳤다. 몸에 너무 힘을 준 바람에 卍자 모양이 됐다.

아웃카운트는 3. 시합 종료다. 아니, 콜드게임이나 다름없다.

"왜 그러지? 현실의 여자애에게 카메라를 들이대면 문제가 되겠지만, 실존하지 않는 버추얼 리얼리티 여자애라면 문제가 안 될 텐데 말이다."

"공원이나 초등학교에 변태들이 들끓을 거라고요!!"

초등학교 주위에 스마트폰을 든 아저씨들이 대량으로 집합한 광경을 상상하기만 해도, 이 게임이 마구 비난당하는 미래가 눈앞에 어른거렸다.

"아무튼 안 돼요! 이런 걸 출시한 순간, 바로 문제시되면서 서비스를 종료하게 될 거라고요!"

"으음…… 화제는 될 거라고 생각했는데 말이다."

되기야 하겠지.

화제는 될 거야. 나쁜 쪽으로 말이야!

아키라 씨는 아직 미련이 남았는지, 입술을 삐죽 내밀며 반론했다.

"집에 틀어박힌 로리콤들이 집 밖으로 나와 사회복귀를 하는 계기가 된다면, 이 세상에 보탬이 되지 않을까?"

"로리콤은 집 밖에 나오지 않는 편이 세상에 도움이 돼요."

"듣고 보니 그렇군."

아키라 씨는 담담한 어조로 그렇게 말하며 기획서를 쓰레기통에 버렸다.

"그럼 다음 기획이다. 실은 이게 메인 기획이지."

"뭐야…… 정말! 그러면 그렇다고 미리 말해요, 아키라 씨!"

"하하하. 미안하다. 선생님을 놀래주고 싶어서 말이지."

"진짜 너무하네요. 하하하!"

순식간에 우리 사이의 분위기가 화목해졌다.

저 크레이지한 기획은 업계에서 말하는 '망한 기획'이 게 틀림없다.

통과시키고 싶은 기획이 있을 때, 먼저 엉망진창인 기획을 먼저 내놔서 허들을 낮춘 후에, 메인 기획을 내놓아서 통과되기 쉽게 하는 것이다. 잘 알지? 실은 미리 조사했거든.

"그런데 다음은 어떤 게임인가요?"

"리듬 액션 게임이다."

"또 장기와는 동떨어진 기획이네요……."

대체 왜 나를 부른 건지 정말 감이 오지 않았다……. 뭐, 로리콤GO 때부터 이미 그랬지만 말이야…….

이거라면 사부님을 부르는 편이 낫지 않아? 요즘 스마트폰 게임에 빠져 사는 것 같고, 그 사람도 명인에게 두 번이나 도전했잖아.

나는 그런 생각을 하면서 아키라 씨에게 물었다.

"타이틀은 뭔가요?"

"『로리라이브!』다."

안 이해……!

"뭐, 『차일드 마스터』도 괜찮을 것 같지만, 아무튼 그런 느낌의 게임이다."

"예. 얼추 상상이 되네요."

방향성이 명확하다는 것은 장점이다.

손님도 관심을 가지기 쉬울 테니까 말이다.

"실은 이미 캐릭터 모델링까지 진행되고 있지. 그러니 기획서보다는 모델링 동영상을 보는 편이 빨리 이해가 될 거다."

"호오."

아키라 씨가 노트북 PC를 조작하더니, 화면을 내 쪽으로 돌렸다.

나는 그 화면을 응시했다.

드레스를 입은 여자애 캐릭터가 꽤 리얼한 움직임을 선보이고 있었다.

"와아…… 정말 귀엽네요!"

내가 무심코 그런 소리를 할 만큼, 화면 속 여자애는 귀여웠다.

다섯 살 정도일까?

앳된 이미지 속에 아주 약간 존재하는 드센 느낌이, 완전 내 취향이었다.

『이 쓰레끼! 따가오지 마!』

『말타기 노리 하짜. 빨리 업뜨려!』

『따, 딱이 너 가튼 걸 쪼아하진 안커든?!』

혀짧은 목소리도 매력적이다. 홀딱 반할 것만 같다.

그런데, 이 여자애는…….

"왠지 야샤진 아이를 닮은 것 같지 않나요? 외모도 그렇지만, 목소리와 행동거지가…….'

"아가씨가 맞다."

"예?"

"아가씨의 유치원생 시절의 사진으로 모델링을 했지. 모션 또한 홈비디오로 촬영한 당시 동영상을 소재로 만들었다. 음성 또한 어릴 적 아가씨 목소리다."

"왜, 왜 그런 걸 만드는 거죠?!"

"그야 물론, 언제 어디서나 아가씨를 키우고 싶기 때문이지!"

아키라 씨는 주먹을 말아 쥐며 힘찬 목소리로 단언했다.

아아…….

역시 이 사람은 갈 데까지 갔어…….

"아가씨께서 초등학교에 가신 동안, 나는 '아아, 빨리 아가씨를 뵙고 싶어…….' '아가씨와 더 러브러브하고 싶어…….' 하고 생각하며 심심풀이 삼아 스마트폰으로 리듬 게임을 했지. 그러다 보니, 게임에 나오는 캐릭터가 아가씨라면 완벽할 거라는 망상을 했는데, 그게 아이디어로 이어진 거다."

"자신의 욕망에 따른 거잖아요……."

뭐, 하지만 그런 욕망에 따라 만든 게임이 대박을 치는 걸지도 모른다.

나는 다시 화면 속에 있는 버추얼 리얼리티 아이 아가씨를 지그시 관찰했다.

『그 못난 얼굴, 들이밀지 마. 이 쓰레끼!』

"…………."

화면에 얼굴을 내민 순간, 여자애에게 매도당했다.

틀림없는 야샤진 아이네. 여전히 나를 따르지 않아…….

하지만 점점 미소를 짓게 되더니, 입으로는 싫다고 말하면서도 내 부탁을 들어주는 등, 그렇게 점점 가까워지면서…… 흥분에 사로잡혔다.

으음…….

이건…….

"솔직히 말해………… 이해가 안 되는 건! 아니에요!"

"역시 이해해 주는구나!"

나와 아키라 씨는 굳게 악수를 나눴다.

어쩔 수 없잖아. 진짜로 귀엽다고.

그 거만하고 콧대 높은 아이 아가씨한테도 이렇게 순수하고 귀여운 시절이 있었구나…….

게다가 그런 아가씨를 자기 입맛대로 육성할 수 있다면…….

좋아하는 의상을 입히고, 좋아하는 노래를 부르게 하거나 춤을 추게 할 수 있다면……

"우와! 완전 최고네!!"

아이를 어떻게 대하면 좋을지 몰라 죽도록 고생했기 때문에 다양한 망상…… 아니! 꿈이 한없이 펼쳐져갔다!

"아키라 씨! 이건 분명 대박을 칠거예요!"

"당연하지! 아이 아가씨를 독점할 수 있잖아! 이게 인기가 안 생길 리가 없잖아아아아아아아아아아아아아아아아아! 아가씨, 아까씨, 아까쒀, 아까아쒀, 아까아쒀이이이이이이이이이이이이이이이이이이잇●●●●●●●●"

"진정해요!! 예?! 좀…… 좀 진정하라고요!!!"

흥분한 나머지 코에서 핏방울(●)이 뚝뚝 떨어지기 시작한 아키라 씨는 휴지를 콧구멍에 집어넣으면서도 거친 숨을 내쉬며 이렇게 물었다.

"서, 선생…… 어때? 나와 최고의 게임을 만들지 않겠어?"

"……좋아요. 아키라 씨, 당신을 따르겠어요."

"음."

"음."

그렇게 됐다.

그날부터 우리는 사무실에 틀어박혀서 게임 제작에 몰두했다!

"선생. 장기 연구는 안 해도 되겠어?"

"장기 연구는 언제든 할 수 있어요. 하지만 여자애는 어릴 적에만 사랑할 수 있잖아요."

"역시 선생은 인간쓰레기야……. 하지만 싫지는 않아."

우리는 씨익 웃은 후, 계속 작업을 진행했다. 1분 1초도 헛되이 할 수 없다. 어린아이가 계속 성장하고 있으니까…….

개발은 어렵기 그지없었다!

게임을 만들고, 아이의 어떤 모습에 모에를 느끼는지 이야기했으며, 돼지고기 된장국을 끓이고, 아이에게 어떤 의상을 입히고 싶은지를 열정적으로 이야기했으며, 게임을 만들고, 돼지고기 된장국을 끓였으며, 아이가 해 줬으면 하는 대사를 가지고 주먹다짐마저 하고, 돼지고기 된장국을 끓이고, 화해를 하며…… 아무튼 사무실에서 한 걸음도 밖으로 나가지 않으며 며칠 동안 일했다.

우리는 수많은 벽에 부딪쳤지만——.

"젠장! 아가씨에게 어떤 가방이 어울릴지 고를 수가 없어!"

"아키라 씨! 초등학생용 가방 최신 카탈로그를 발견했어요!"

"선생, 잘했어!"

그때마다 우리는 기사회생의 수를 두며 활로를 개척했다!

게임 제작 또한 장기와 마찬가지다. 진흙탕에 뒹굴면서도 끈질기게, 포기하지 않고 최선의 수를 찾다 보면, 넘을 수 없을 것 같던 장애물도 넘어설 수 있다!

그리고, 드디어——.

"……완성했어!"

개발을 시작하고 며칠이 흘렀을까…….

이제 시간 감각마저 잃은 탓에 졸음과 피로 때문에 정신이 몽롱해졌다.

하지만 아침 햇살을 맞으며 플레이 화면을 본 순간, 그런 고생이 전부 보답받았다……. 대국에서 이겼을 때처럼, 타이틀을 획득했을 때에 버금가는 달성감을 맛봤다.

"이게 서비스되면……."

"분명 스마트폰 게임의 역사를 다시 쓰게 될 거예요……!"

아키라 씨와 나는 굳게 악수를 나눴다.

우리가 만든 게임은 완벽했다. 모든 면에서 빈틈이 없었다.

타이틀 또한 『AI돌 마스터(가제)』로 했으며, 스마트폰 유저의 눈길을 사로잡는 것과 동시에 아이 아가씨를 부각시켰다.

자금 및 시간적 문제 때문에 캐릭터도 아이 한 명만 나오게 됐다.

그 대신, 의상과 노래, 그리고 모션은 호화롭기 그지없었다.

의상 디자인은 로리 묘사에 정평이 나 있는 인기 일러스트레이터에게 발주했고, 악곡 또한 락 느낌의 곡부터 아이돌스러운 노래, 그리고 동요 등, 여자애가 부르면 '귀엽다!'고 느껴질 만한 것은 전부 갖췄다. 완벽해!

나는 스마트폰을 조작하면서 말했다.

"사전 예약도 순조로워요! 데모 동영상을 트위터에 올리면, 이 귀여움이 전 세계로 퍼져 나가겠죠……. 세계에 변혁을 가져올 게 틀림없어요."

트윗 내용을 입력하는 손가락이 떨렸다.

그 어떤 대승부를 치를 때도 좀처럼 떨리지 않던, 이 손가락이……

아키라 씨는 벌써 다음 작품의 구상을 이야기하기 시작했다.

"이 게임으로 모은 자금과 기술력을 이용해서, 다음에는 VR에 도전하자! 아가씨를 3D공간에 재현해서, 만지고 핥는 거다!!"

"우와! 아키라 씨, 당신은 정말 대단해! 젠장!"

그런 걸 만들었다간 폐인이 왕창 생겨나는 거 아냐?! 진짜로 로리콤 제조기거든요?! 모에 돼지로 품종개량 되고 말거든요?!

우리는…… 로리콤 제조기라는 이름의, 결코 열어선 안 되는 판도라의 상자를 열려고 하는 건 아닐까……?

"좋아! 그럼 아가씨에게 출시 허락을 받으러 가자!"

"어?"

무심코 한 옥타브 높은 목소리를 내고 만 나는 믿기지 않는다는 심정으로 아키라 씨에게 확인을 요구했다.

"어? 잠깐만요? ……아직 아이에게 허락을 받지 않은 거예……요?"

"당연하지. 이런 기획을 아가씨에게 이야기해 봤자 화만 내실 게 뻔하니까 말이다."

그, 그건 그래……!

「뭐? 이딴 역겨운 걸 만든 거야? 죽음으로 사죄해.」

……같은 소리를 할지도 모른다.

어? 잠깐만?

게임 제작에 몰두한 바람에 생각이 미치지 않았는데…… 이건 이미 외통수 아냐?

　"뭘 불안해하는 거냐! 이 만큼이나 완벽하게 아가씨를 재현했지 않느냐! 분명 마음에 들어 하실 거다! 너도 그렇게 생각하지?!"

　"그…… 그래요!"

　그래! 왜 불안을 느끼는 거냐고.

　기획서로는 전해지지 않을, 우리의 뜨거운 마음.

　화면 속에서 구현된 그 마음은…… 분명, 아이에게도 전해질 것이다!

　△

　"뭐? 이딴 역겨운 걸 만든 거야? 싫어."

　게임을 보여준 순간, 아이는 오물이라도 본 듯한 눈길로 우리를 쳐다보며 그렇게 외쳤다.

　아키라 씨는 피를 토하며 쓰러졌다.

　나는 바닥에 쓰러진 아키라 씨를 간호하면서 필사적으로 아이를 설득했다.

　"저, 저기…… 잠깐만, 아이! 이건 나와 아키라 씨, 그리고 전 세계 어린 여자애 애호가들의 꿈을 실현해 줄 결정체야!"

　"진짜 역겹네. 죽음으로 사죄해."

　"…………."

일도양단. 단칼에 썰려나간 나는 절규를 터뜨렸다. 바닥에 널브러진 아키라 씨의 얼굴 주위에 생겨난 피웅덩이가 점점 확대되고 있었다…….

개발 중에는 텐션이 하늘을 찌르면서 '엄청난 걸 만들어주겠어!' 같은 기분에 사로잡혔지만…… 차분하게 생각해 보니, 실존하는 여자애의 데이터를 이용해 무단으로 로리 육성 게임을 만든 건 역겨운 짓이기는 했다…….

"데이터도 전부 없애. 알았지?"

아이는 아키라 씨가 보존해둔 자신의 사진과 동영상도 없애라고 말했지만, 나도 아키라 씨가 함께 지면에 얼굴이 파묻힐 만큼 고개를 조아린 덕분에 그것만은 봐줬다.

"……혼났네요~."

"……혼났군."

그로부터 며칠 후.

코베 역 남쪽에 있는 하버랜드의 벤치에 나란히 앉은 나와 아키라 씨는 출항하는 유람선을 멍하니 쳐다보며, 그 폭풍 같았던 나날을 그리워했다.

아이의 분노를 산 바람에, 아키라 씨의 사업은 좌초했다.

사무실도 없애고, 말 그대로 전부 다 사라지고 말았다……. 바다에 떠 있는 물거품처럼…….

"……하지만 오히려 잘된 걸지도 몰라."

"예?"

어째서……?

내가 시선만으로 이유를 묻자, 아키라 씨는 수평선 너머로 사라지는 유람선을 응시하면서 이유를 설명했다.

"그 게임을 망상…… 쿨럭쿨럭! 구, 구상한 건, 아가씨께서 자신의 껍질 안에 갇혀 있던 시절이다."

"아……."

나는 그 말을 듣고 눈치챘다.

아이는 부모님을 잃은 후…… 홀로 장기에 몰두하며 지냈던 것을 말이다.

"하지만 요즘 들어 아가씨께서는 감정을 자주 겉으로 드러내고 계셔."

아키라 씨는 혼이 났는데도 왠지 기뻐 보이는 듯한 투로 그렇게 말했다.

"부모님이 살아계실 때처럼 환하게 웃으시는 일은 많지 않다. 하지만 저렇게 화를 내주시는 것만으로도…… 나는 기쁘구나."

"아키라 씨……."

나는 떠올렸다.

처음 그 소녀와 장기를 둔 날을……. 셋이서 신세카이의 장기 도장에 다니던 나날을……. 연수회 시험에서 케이카 씨, 히나츠루 아이와 맞붙던 야샤진 아이를…….

장기를 이겨서 기뻐하고, 장기를 져서 분통을 터뜨린다.

누군가와 실제로 장기판을 사이에 두고 마주 앉았을 때야말로 얻을 수 있는 무언가는, 분명 존재하는 것이다.

혼자서는 맛볼 수 없는 다양한 감정을, 아이는 장기를 통해 다시 맛보게 됐다……. 장기를 가르쳐 준 부모님이 살아계실 때처럼 말이다.

아이가 다른 게임에 흥미를 가지지 못하는 것도…… 지금은 머릿속이 장기로 머릿속이 가득하기 때문이라고 생각하면, 오히려 기쁠 지경이다.

"그러니까…… 고맙다, 선생. 그리고 앞으로도 아가씨를 잘 부탁한다."

"……저야말로 잘 부탁해요."

최정상 기사가 하는 일은 나에게 버거운 걸지도 모른다. 적어도 이번만큼은 실패로 끝났다.

하지만 사부로서, 아이를 키우는 일은 실패할 수 없다.

그것만은, 아무리 어려울지라도, 남이 관두라 하더라도…… 포기할 생각이 없다.

언젠가 그 아이가, 어엿한 여류기사가 되는 그 날까지…….

게임 속의 그 거짓된 미소가 아니라, 진정으로 웃는 날이 올 때까지…….

그것이—— 용왕이 할 일이니까.

※이 단편은 『간간GA』에 처음 실린 작품입니다.

산성앵화전 4

©shirabii

"……그런 일이 있었어요."

"훈훈한 이야기……인 기가?"

쿠구이 씨는 약간 미묘한 표정을 지었다.

어? 실패인가?

꽤 괜찮은 이야기라고 생각하는데 말이야…….

"아키라 씨라면 텐 양과 함께 연맹에 오는 그 선글라스 낀 사람 맞재?"

"예. 보디가드 같은 건데, 어느새 장기에 빠진 것 같아요."

"흐음."

쿠구이 씨는 왠지 의미심장한 눈빛을 띠더니, 강가에 있는 좀 커다란 돌을 주워서 강에 던지며 말했다.

"용왕 씨는 그 사람과 같이 일할 정도로 사이가 좋았나?"

"그 게임 때 처음으로 같이 일한 건데…… '또 만들자! 이번에는 로리 요소를 빼고 말이다!' 같은 식으로 연락을 주고받아요. 아이가 얽힌 일에는 귀찮게 굴지만, 꽤 죽이 맞는달까요."

아이 아가씨를 향한 사랑 때문에 폭주하지만 않으면 유능한 사람이라고 생각한다. 뭐, 사랑의 폭주이니 어쩔 수 없다. 사랑은 위대하니까 말이다……!

"나도 용왕 타이틀을 지켜서 올해도 타이틀 보유자니까요~. 최정상 기사로서 앞으로도 다양한 일을 해 볼 생각이에요~. 최정상 기사니까 당연한 걸지도 모르지만요~."

　힘들어~. 최정상 기사라면 장기와 다른 일도 해야 해서 힘들다고~.

　내가 그런 말을 늘어놓고 있을 때——.

　"그럼 내가 내일 타이틀 방어에 성공하면, 장기 이외의 일을 같이 해줄 기가?"

　"예?"

　나는 그 뜻밖의 발언을 듣고 한순간 얼이 나갔다.

　"뭐…… 쿠구이 씨와 함께라면, 장기 관련 일이든 그렇지 않은 일이든 얼마든지 같이 하겠지만요."

　"결정한 거대이. 손가락 걸고 약속하자. 약속 어기면 바늘 천 개 삼키기~!"

　"어? 방금 뉘앙스가 좀…… 아, 아니, 그것보다 어떤 일을 할 건지 먼저 가르쳐 줘야죠!"

　"교토의 데이트 명소 순례대이. 지역 생활 정보지에서 들어온 의뢰인 기다."

　"아, 그럼……."

　그런 취재라면 남자의 관점도 필요할 것이다. 함께 교토를 돌면서 적당히 의견을 내놓기만 하면 될 것이다. 간단하네!

　나는 그렇게 생각했지만…….

　"참고로 사진도 필요하니까, 용왕 씨는 내와 함께 모델이 되어 줘야 한대이."

　"예엣?!"

모, 모델?!

"그그그, 그건, 곤란해요! 나와 쿠구이 씨가 연인처럼 함께 찍은 사진이 잡지에 실리는 거죠?! 그, 그걸 본 사람들이 뭐라고 할지······!!"

"괜찮지 않긋나? 그냥 모델일 뿐이다 아이가~."

"하, 하, 하나도 괜찮지 않아요. 진짜로 괜찮지 않다고요오오오오오······."

아이가 보면 분명 미심쩍어 할 것이다.

사저가 보면 분명 나를 두들겨 팰 것이다.

아이가 보면 분명 나를 더 경멸할 것이며, 케이카 씨가 보면 '어머, 야이치 군도 꽤 하네.' 하고 아들이 연애를 하고 있다는 사실을 안 어머니 같은 소리를 할 것이다. 내가 진심으로 마음에 두고 있는 이는 바로 케이카 씨인데······!

"아무튼 곤란해요! 그런 약속은 못해요!!"

"하지만 이미 손가락 걸고 약속했다 아이가~."

"마, 맙소사······."

"내가 지면 약속을 안 지켜도 되니까, 불공평하지는 않재?"

"그, 그건····· 그렇지만······."

"용왕 씨는 내가 료한테 이길 거라고 생각하는 기가?"

"······아까까지는 그렇게 생각했지만, 지금은 제발 지기를 바라고 있어요."

"너무하대이~."

그 후, 호텔로 돌아오는 길에 계속 설득을 도모했지만, 쿠구이 씨는 끝까지 그 약속을 취소하지 않았다.

◻

"이······!"

다음 날.

대국장인 카모가와의 무대를 본 아이는 딱딱하게 굳은 채 절규를 토했다.

"이런데서 장기를 두는 거예요~?!"

"엄청나네······."

어제는 어두워서 잘 안 보였지만, 이렇게 훤한 대낮에 보니······ 진짜 장난이 아니었다.

"뭐 하는 기고?"

"가부키라도 하는 기가? 그른데 이상한 나무가 놓여있대이."

"장기······ 아이가?"

"기모노 입은 저 여자가 장기를 두는 기가?"

"우와! 완전 미인이대이!"

무대 위에 놓인 장기판, 그리고 그걸 사이에 두고 앉아있는 기모노 차림의 두 미녀는 벌써부터 주목을 모으고 있었다. 그 덕분에 산죠 오오하시에서 시죠 오오하시 사이의 산죠 강가와 시죠 강가라 불리는 구역은 구경꾼들로 붐비고 있었다.

교토 사람들도 깜짝 놀랐고, 외국인 관광객은 '와우~' 하고 말하는 듯한 표정을 지은 채 스마트폰으로 사진을 찍어대고 있었다. ……지금쯤 이 광경은 전 세계로 퍼져나갔으리라.

우와……. 이런 상황에서 장기를 두는 거냐…….

"뭘 놀라고 있어. 우리도 보드 해설을 해야 하잖아."

"예에엣~?!"

"같은 무대 위에서 하는 건 아니지만, 주목을 모으는 장소이기는 하잖아. 마음 단단히 먹고 하자……!"

산성행화전의 제한시간은 대국시계 방식으로 각 두 시간.

제한시간은 전부 합쳐 네 시간이며, 그 후에는 1분 장기를 둬야 한다. 엄청난 격전이 벌어진다면 다섯 시간 넘게 갈 가능성도 있는 것이다.

"점심 휴식 시간과 대국이 끝난 후에 있을 대국자 인터뷰 및 세리머니도 포함하면 열 시간 넘게 붙잡힐 수도 있다고 생각하는 편이 나을 거야. 아이가 여류기사가 되고 처음으로 큰일을 맡은 거네."

"아, 예……!!"

아이는 공식전 첫 대국에서 승리를 거뒀지만, 이런 이벤트 때 더 긴장하는 것 같았다. 장기는 대국이 시작되고 나면 긴장 같은 건 안 하니까 말이지…….

예전에 칸사이 장기회관에서 나와 함께 보드 해설을 한 적이 있지만, 그때는 단 한 수도 해설하지 않고 교대했지……. 내가 무슨 소리를 하는 건지 모르겠지만, 나도 무슨 일이 일어난 건지 몰라……. 최면술에 걸렸거나 엄청난 스피드로 진행된 것도 아냐. 더욱 무시무시한 무언가의 편린을 맛봤다고…….

"마침 좋은 기회니까, 아이에게는 공개 대국 보드 해설을 할 때의 마음가짐을 전수해줄게."

"예! 잘 부탁드립니다……!!"

해설장은 대국을 치르는 무대 근처 제방 위에 있다. 손님들의 눈에도 잘 들어오고, 높이도 있어서 대국 상황도 항상 체크할 수 있다.

도로 통행을 막고 보드와 접이식 철제 의자를 가져다 뒀을 뿐이지만, 교토의 마을은 정취가 있어서 그런지 그것만으로도 충분히 분위기가 났다.

나는 나란히 걷고 있는 제자에게 마음가짐을 전수해 줬다.

"기본적으로는 평범한 보드 해설과 똑같지만, 공개 대국 때의 가장 큰 차이점은 바로 대국자가 해설자나 관객의 곁에 있다는 점이야."

"저희 목소리가 들리는 건가요?"

"응. 그 점을 주의해야만 해."

이번 같은 경우, 두 대국자는 강가에 있기 때문에 물소리와 바람소리 때문에 우리의 목소리가 들리지 않을 거라고 한다. …… 하지만 발언은 주의해야 할 것이다.

"공개 대국 중에는 같은 무대 위에서 대국과 보드 해설을 같이 할 때도 있어. 그럴 때는 구체적인 수를 부호로 말하지 않는 게 매너야. 선수나 후수 같은 말도 입에 담지 않고, 보드를 가리키면서 '여기' '저기' 하고 추상적인 표현으로 해설할 필요가 있어. 그리고 물론 손님의 반응에도 주의해야만 해. 우리가 조심을 하더라도, 손님이 부호를 입에 담으면 말짱 헛일이거든."

"……룰이 많아서 복잡해요~(>_<)"

"뭐, 걱정하지 마. 대국자는 집중하고 있기 때문에 주위의 목소리가 거의 안 들리거든."

"우와아……."

아이는 혼란과 긴장 때문에 눈이 빙빙 도는 것 같았다. 다리도 덜덜 떨리고 있네…….

으음, 성가시게 됐는걸.

너무 겁을 주면 말이 입에서 잘 나오지 않을 테고, 그렇다고 너무 긴장이 부족한 것도 곤란했다. 어떻게든 긍정적인 방향으로 긴장을 풀어 주면 좋겠는데…….

내가 그런 생각을 하고 있을 때였다.

"아이~!"

"앗! 미오! 그리고 다들……!"

조그마한 몸으로 교묘하게 인파를 가르며 우리 앞에 나타난 이는 바로 아이의 장기친구이자 초등학교 동급생이기도 한 미즈코시 미오 양이었다.

그 뒤편에는 동갑인 사다토 아야노 양, 그리고 다른 이들보다 세 살 어린 샤를로트 이조아드 양도 있었다.

아이를 비롯한 이 네 사람은 『여초연』이라는 그룹을 결성한 단짝 여아 프렌즈다.

"헤헷~! 응원하러 왔어~!!"

"쿠즈류 선생님, 아이 양, 보드 해설 힘내세요."

"힘내떼요~!"

미오 양, 아야노 양, 샤를 양이 그렇게 말하자…….

"다, 다들…… 고마워어어어~!"

아이는 마음이 놓인 건지, 울먹거리면서 샤를 양을 끌어안았다. 포옹을 당한 샤를 양은 "오~?" 하고 의아해했지만, 곧 아이의 등을 두드려줬다. 귀여워♡

그건 그렇고…… 진짜로 다행인걸…….

이럴 때, 자신의 목소리가 닿는 곳에 지인이 있으면 마음이 든든하니까 말이다.

말을 할 때 고개를 좀 끄덕여주기만 해도 말을 하기 쉬워진다. 장기 이벤트에 갈 일이 있다면 꼭 기억해 두세요.

"다들 잘 왔어! 가장 앞줄에 자리를 준비해 줄 테니까, 보드 해설을 하는 아이를 응원해 줘!"

"""만세~!!"""

기뻐하는 소녀들. 지키고 싶다, 이렇게 웃는 얼굴을.

나는 바쁘게 돌아다니고 있는 이벤트 관계자에게 말을 건넸다.

"저기요. 이 아이들은 제 지인이자 칸사이 본부의 연습생 및 아동 스쿨 학생들이에요. 앞쪽에 자리를 준비해 주실 수 없을까요?"

"아, 용왕의 관계자들이신가요……. 잠시만 기다려 주시죠."

대국 개시 직전의 분주한 타이밍인데도, 그 관계자는 싫은 내색 한 번 보이지 않으며 응대해 줬다.

조금 떨어진 곳에서 다른 관계자들과 협의를 하더니——.

"쿠즈류 선생님의……."

"초등학생이니까……."

"하지만 빈자리가……."

"VIP석을……."

그들의 낮은 목소리로 나누는 대화 중간 중간에 위험한 단어가 들려오자, 나는 허둥지둥 고함을 질렀다.

"VIP석?! 그, 그렇게까지 해 주시지는 않아도 되는데……."

"아닙니다. 이런 어린 친구들을 위해 미리 준비한 자리니까요. 츠키미츠 회장님께서 미리 지시하셨습니다."

"회장님이요? 어린 친구들을 위해서……?"

장기 보급을 위해 아동용 좌석을 준비한 것일까?

하지만 주위를 둘러봤지만, 서서 구경하고 있는 아버지의 어깨에 올라탄 아이들이 잔뜩 있었다.

어떻게 된 걸까? 뭔가 앞뒤가 안 맞는 것 같은데…….

"저기, 제자의 친구들을 위한 자리를 마련해 주셨으면 하는데 말이죠."

"예. 그러니까 VIP를 위한 자리를 준비하려고……."

"……잠깐만요? VIP는 '중요인물'이라는 의미죠? 정치나 기업 중역 같은 사람 말이에요."

"아뇨. 이 경우에는 다릅니다."

"다르다고요? 그럼 그 VIP의 의미는……?"

"베리 임포턴트 페도(VIP)입니다."

베리 임포턴트 페도!

" '매우 중요한 여아' 라는 의미죠."

"의미는 알지만, 그 의미가 이해가 안 되거든요?"

진짜로 이해가 되지 않았다.

어떻게 된 거지……?

"츠키미츠 회장님의 지시로, 쿠즈류 선생님이 오실 때는 항상 여자애를 여러 명 데리고 오니 그 아이들을 위한 자리를 미리 준비해두고 있습니다. 이건 장기연맹에서 전국의 지부에 정식으로 내려진 지시죠."

"예? 잠깐만요? 그 은어(隱語)를 장기계 사람들은 다 알고 있어요? 지부에도 퍼진…… 거고요……?"

"당연하죠. 그 명인에게 '현재 가장 강한 기사' 라는 말을 들었고, 타이틀 방어뿐만 아니라 순위전에서도 C급 1조로 승급이 결정된 쿠즈류 용왕은 장기계에서 가장 중요시될 자격이 있는 분입니다. 그런 용왕이 가장 아끼는 여아 프렌즈를 소중히 여긴다는 것은, 장기계를 소중히 여긴다는 것과 같은 의미죠."

같은 의미가 아니다. 절대 아니다.

이런 VIP석 풍습은 반드시 폐지시켜야 한다. 퍼졌다간 대참사가 벌어진다. 아니, 이미 퍼졌지만, 내가 이 자리에 실제로 어린 여자애들을 앉혔다는 사실이 알려지면 돌이킬 수 없게 되는 것이다.

하지만 이미 의자에 앉아서 기뻐하고 있는 프렌즈를 보니 이제 와서 사양할 수가…….

"와아~! 이 자리 엄청 폭신폭신하고 편안해~."

"샤우, 싸뿌를 가까이써 볼 쑤 이써서, 끼뻐～♡"

미오 양도, 샤를 양도, 등받이와 팔걸이까지 달린 특제 아동 의자가 앉아서 기쁜 것 같았다.

"이렇게 좋은 자리를 바로 준비하다니, 역시 쿠쭈류 선생님은 대단하서!"

"하…… 하하하. 너희가 기뻐하니 나도 기분이 좋은걸."

진심으로 기뻐하고 있는 여자애들의 환한 미소, 그리고 '아아, 역시 이 사람은 진짜 페도 자식이구나.'라는 표정을 지으며 납득하고 있는 관계자들의 시선 사이에서, 나는 모나리자 같은 기묘한 표정을 지었다.

"우리도 가장 앞줄에서 퀴즈를 마구마구 맞출게! 다음 한 수 퀴즈의 상품은 전부 미오 꺼야!"

"하, 한 사람에 하나씩만 주니까, 살살 하렴……."

여초연 멤버들의 의욕에 찬 목소리를 들으니 든든하고 기뻤지만, 친분이 있는 여자애에게 선물을 마구 뿌렸다는 소문이 퍼졌다간 나는 진짜로 소아성애자 취급을 당할 거라고.

"앞으로는 VIP석에 이어서 VIP용 선물까지 미리 준비될지도 모르거든……."

"사부님～? 브이아이피가 뭔가요～?"

"소중한 사람이라는 의미야."

제자의 의문에 쿨하게 답해 준 후, 나는 아까부터 신경 쓰인 점을 확인하기 위해 VIP석(이 표현을 안 쓰고 싶지만, 다른 적당한 표현이 생각나지 않았다) 구석을 쳐다보았다.

"…………."

시끌벅적하게 아이들이 떠들고 있는 가운데, 긴장한 표정으로 아무 말을 하지 않는 소녀가 한 명 있었다.

아야노 양이다.

교토에 살고 있으며, 이 동네에서 장기 교실을 운영하고 있는 카야오쿠 선생님의 제자로서 칸사이 연수회에 다니고 있는, 열 살 소녀.

동문의 선배 제자가 오늘, 타이틀 보유자 자격으로 장기판 앞에 앉아 있다.

나는 몸을 약간 숙인 후, 가능한 한 온화한 어조로 아야노 양에게 말을 걸었다.

"아야노 양은 쿠구이 씨를 응원할 거지?"

"물론이죠."

"오늘 아침에 쿠구이 씨와 만났어?"

"아뇨. 하지만——."

아야노 양은 고개를 숙이더니, 무릎을 꼭 움켜쥐었다.

"저는…… 마치 언니의 승리를 확신해요."

그 목소리는 불안 탓에 떨리고 있지만, 아야노 양은 계속 말을 이었다.

"언니는 누구보다도 쭉 노력해 왔으니까요……."

"…………그래."

나는 고개를 끄덕일 수밖에 없었다.

어젯밤, 쿠구이 씨가 입에 담았던 약한 소리도…….

츠키요미자카 씨가 기자회견 자리에서 보였던 도발적인 언동도…….

양쪽 다, 오늘 장기에 영향을 받았을 것이다.

그리고 아야노 양, 그리고 이 자리에 모여 승부의 행방을 지켜보는 수많은 장기 팬과 관광객들 또한 이제부터 시작될 대국에 어떤 식으로든 영향을 받으리라.

대국자들의 강한 마음은 물론이고.

여러 사람의 마음과 소망이 담긴—— 최종국이 시작됐다.

『여, 여러뿐…… 안농하쎄요!!!』

긴장한 탓에 혀가 너무 꼬여서 샤를 양 같은 말투로 말한 아이는 손님들을 향해 꿋꿋하게 인사를 건넸다.

이 자리에 모인 이들은 그 모습을 보고 술렁거렸다.

"저 어린애는 뭐꼬?"

"초등학생 아이가?"

"모르나? 히나츠루 아이 여류 2급이대이. 어엿한 여류기사 선생님이다 아이가."

"뭐라꼬~?! 저렇게 쪼끄만 애가 말이가?!"

그렇게 많은 관객들이 놀란 목소리로 그렇게 외치는 가운데, 아이의 존재를 당연시하고 있는 듯한 손님도 잔뜩 있었다.

아이—— 히나츠루 여류에게는 이미 팬이 많다.

아이를 보러 오는 사람들도 잔뜩 있는 것 같았으며, 이벤트에서 자주 봐서 눈에 익은 사람들도 드문드문 보였다. 젊은 남자도 있었다.

──이상한 벌레가 꼬이지 않도록, 스승인 내가 주의를 줘야지……!

『그리고 해설자는 사부님……이 아니라, 으음…… 으음…….』

『해설은 저, 쿠즈류 야이치가 담당하도록 하겠습니다.』

벌써부터 당황한 제자를 돕기 위해, 나는 차분한 어조로 인사를 했다.

『오늘은 장기를 모르는 분들도 많이 자리하셨을 테니, 미리 설명을 드리겠습니다. 저는 히나츠루 여류 2급의 스승입니다. 저는 열일곱 살, 히나츠루는 열 살이며, 장기계에서는 아마 사상 최연소 사제지간일 테죠. 아무쪼록 잘 부탁드립니다.』

『짜, 짤 부탁드립니땃!!』

아이가 또 혀가 꼬인 상태에서 고개를 꾸벅 숙이자, 관중들이 힘차게 손뼉을 쳐 줬다.

그건 그렇고, 오늘 해설은 난이도가 상당했다.

여기서는 대국자의 모습을 볼 수 있으며 분위기를 통해 어떤 수를 둘지 예측할 수 있지만, 정확한 수는 확인할 수 없다.

그러니 나와 아이는 기록 담당인 오가 씨가 태블릿으로 기록한 기보를 스마트폰으로 확인하면서 보드에 국면을 재현할 필요가 있다. 내가 아이를 잘 이끌어야겠어…….

현재 시각은 8시 40분.

대국장 한편에는 입회인인 츠키미츠 회장과 교토시장을 비롯한 관계자들이 모여 있었다.

곧 대국이 시작될 것이다.

『이 제3국에서는 대국 직전에 선수와 후수가 정해집니다. 으음, 어떤 식으로 선후수를 정하냐면…… 장기말을, 이렇게 양손으로 잡고 흔들다가…….』

아이는 실제로 시범을 보이려다 마이크를 놓쳤고, "아앗~?!" 하고 비명을 지르며 그 마이크를 쫓아갔다.

굴러간 그 마이크를 미오 양이 주워주는 등, 정말 야단법석이었다.

일부러 그런 것만 같아 보일 만큼 귀여운 그 모습을 본 손님들은 대국이 시작되기도 전부터 만족한 것 같았다.

"아이 양~!"

"세상에서 가장 귀여워~!"

"힘내~!"

……같은 목소리도 들려왔다.

『으으~…… 대국을 두시는 선생님들의 집중이 흐트러지지 않게 조용히 행동해야 하는데…… 공개 대국의 리스너는 어려워…….』

어찌어찌 마이크를 쥔 아이는 나에게 말을 걸었다.

『사부님…… 아니, 쿠즈류 선생님은 오늘 대국이 어떤 전형이 나올 것 같나요?』

『오늘의 해설자는 저이고, 입회인은 츠키미츠 회장님이시니까요. 저희 특기인 한 수 손해 각교환……이 나온다면 해설이 편할 것 같네요.』

『저저, 저는 엄청 곤란할 거라고요!!』

아이가 허둥대자, 행사장 안에 또 웃음꽃이 피었다.

스페셜리스트에게 특화된 한 수 손해 각교환이 채용될 가능성은 거의 없으니 내 발언은 농담이나 다름없지만, 그런 내 말을 진담으로 받아들인 제자가 참 귀엽네♡

아, 슬슬 대국이 시작될 시간이 됐다.

진지하게 해설에 임하도록 할까.

『도전자인 츠키요미자카 씨는 앉은비차파이며, 쿠구이 산성앵화는 올라운더이지만 몰이비차를 채용할 때가 많죠. 그러니 이번에는 정석적인 전개가 펼쳐질 거라고 예상되는군요.』

『선수인 쿠구이 선생님이 몰이비차이고, 츠키요미자카 선생님이 앉은비차를 둔다는 거군요. 저도 그렇게 생각해요!』

"히나츠루 선생님께서도 동의해 주시는 거군요. 이거 든든한걸요.』

『정말~! 놀리지 마세요~!』

아이가 귀엽게 화내는 모습에 관객들도 푹 빠진 것 같았다.

자아, 무대 위에서도 움직임이 있었다.

기록 담당인 오가 씨가 하얀 비단을 펼치더니, 타이틀 보유자인 쿠구이 씨의 보(歩)를 다섯 개 쥐어서 던졌다.

그리고 선후수를 정한 결과――.

『어떻게 됐죠? 저는 눈이 나빠서 잘 안 보이는군요…….』

『앞면이 세 개 나왔어요!!』

시력이 좋은 아이가 자신의 눈으로 확인을 했다.

『쿠구이 산성앵화가 선수, 도전자인 츠키요미자카 여류옥장이 후수예요!』

"휴우……."

가장 앞줄에 앉아있던 아야노 양이 안도의 한숨을 내쉬었다.

선수가 승률이 좋기 때문에, 이것으로 쿠구이 씨가 이길 확률이 조금 올라간 것이다.

하지만 그런 안도감은 오래 이어지지 않았다.

서로가 첫수로 각행(角行)의 길을 연 후…… 입회인인 츠키미즈 회장과 교토시장들이 자리를 벗어나자마자, 선수인 쿠구이 씨가 뜻밖의 수를 둔 것이다. 단호하게 말이다.

3수── 2육보.

『비차 앞의 보를 전진시켰어?! 앉은비차로 가는 걸까?!』

너무 놀란 바람에 반말로 그렇게 말한 나는 헛기침을 하면서 자신이 놀란 이유를 해설했다.

『실례했습니다……. 쿠구이 씨가 승부를 걸려고 한다면, 익숙한 몰이비차를 선택할 거라고 생각했던지라…….』

내 예상은 완벽하게 빗나갔다.

아이가 불안한 어조로 물었다.

『상대의 의표를 찌르는 작전일까요?』

『사전에 정한 작전일 거라고 생각합니다. 제한시간을 거의 소모하지 않고 바로 뒀으니까요.』

나는 어젯밤의 일을 떠올렸다.

그때, 이미 이 작전을 쓰려고 마음먹었던 걸까?

아니면……?

『마치 언니…….』

아야노 양도 불안한 표정으로 보드를 응시하고 있었다.

쿠구이 씨의 영향으로 장기를 시작했고, 쿠구이 씨의 장기를 동경해서 몰이비차파가 된 아야노 양은…… 이 선택을 어떻게 받아들이고 있을까?

하지만 놀랄 일은 그것으로 끝이 아니었다.

『앗! 츠키요미자카 선생님이 각의 길을 닫았어요!』

아이는 놀란 듯한 어조로 그렇게 말했다.

츠키요미자카 씨는 첫수로 열었던 각(角)의 길을, 4열에 있는 보(步)를 전진시켜서 바로 닫았다.

나는 마이크를 입에서 떼면서 중얼거렸다.

"각교환 거부? 망루일까……?"

스피드를 중시하는 츠키요미자카 씨가 각(角)의 길을 막은 것은 드문 일이다.

──쿠구이 씨가 앉은비차를 두는 것을 보고, 신중하게 두기로 마음을 먹은 걸까?

후수라서 소극적으로 나가고 있는 줄 알았지만…… 그 후에 펼쳐진 수를 본 순간, 그런 생각은 산산조각 났다.

"""어?!"""

장기를 아는 모든 이들이 깜짝 놀랐다.

열 수째.

츠키요미자카 씨는 비차(飛車)를 들었다. 옆으로만 움직일 수 있는 비차를.

그리고 그 비차를 힘차게 옆으로 옮겼다.

아이는 절규했다. 나는 망연자실한 어조로 중얼거렸다.

『비차를?!』

『움직였…………어?』

나는 몇 번이나 들고 있던 스마트폰을 쳐다봤지만, 기보에 표시된 『△4이비』라는 문자에는 변함이 없었다.

——각(角)의 길을 막는 사간비차…….

싱글벙글 중비차도, 각교환 사간비차도 아니다. 츠키요미자카 씨의 기풍과 가장 동떨어졌다고 여겼던, 고풍스러운 노멀 사간비차다.

『앉은비차파인 츠키요미자카 씨가 비차를 움직이다니……. 완전 예상외네요!!』

아이는 비명을 지르고 있었지만…….

"…………이걸로 끝일까? 저 츠키요미자카 씨가?"

나는 츠키요미자카 씨가 아직도 뭔가 숨기고 있다는 느낌이 들었다.

비차(飛車)를 움직이는 것만으로는 쿠구이 씨를 흔들 수 없다.

그러니 숨겨둔 패가 더 있을 게 틀림없다……!

내가 그런 생각을 하는 사이에도 대국은 계속 진행되더니, 쌍방의 싸기가 완성되어 갔다.

비차를 흔든 츠키요미자카 씨는 그 덕분에 생겨난 공간을 메우듯 옥(玉)을 장기판의 구석으로 이동시켰다.

아이는 마이크 전원을 끄고 나에게 물었다.

"미노 싸기일까요?"

"아냐! 이 스피드는…… 설마?!"

츠키요미자카 씨는 옥(玉)을 8이의 위치까지 이동시켰다.

그리고 7열에 있는 은(銀)이 아니라, 그 두 칸 옆── 장기판의 가장 가장자리에 존재하는 향차(香車) 하나를 전진시켰다.

이제 명백했다.

""" "동굴곰?!" """

그렇다.

츠키요미자카 씨가 선택한 전법은 바로 『몰이비차 동굴곰』.

하지만 그것은 원래 쿠구이 씨의 주특기 전법이다……!

이런 전개를 대체 누가 예상이나 했겠냐고!

"저질렀네……!"

나는 자신의 입꼬리가 올라가는 것을 느꼈다. 완전 이해불능. 저 여자, 진짜 정상이 아냐.

아이는 마이크의 전원을 끈 채 작은 목소리로 나에게 물었다.

"……서로 동굴곰이 될까요?"

"글쎄……. 오늘은 쿠구이 씨도 생각이 있는 것 같거든……."

아니, 생각이라기보다 '결의' 라고 불러야 할까.

그런 내 예감을 뒷받침하듯, 쿠구이 씨는 장기판 구석으로 이동한 츠키요미자카 씨의 옥(玉)을 몇 분 동안 응시한 후에 결의에 찬 손길로 다음 수를 뒀다.

쿠구이 씨가 선택한 수는—— 7팔은.

"왼쪽 미노야. 이걸로 서로 동굴곰이 될 가능성은 거의 사라졌어……."

몰이비차에서 주로 쓰는 미노 싸기 전법은 사실 앉은비차에서도 쓴다.

그럴 경우, 장기판이 오른쪽이 아니라 왼쪽에 싸기를 만들기에 『왼쪽 미노(左美濃)』라고 불린다. 그리고 이 형태에서 동굴곰으로 바꾸는 건 매우 어렵다. 은관 동굴곰 같은 방법이 있기는 하지만…….

아이는 보드의 장기말을 조작하면서, 마이크의 스위치를 켜더니 나에게 말을 걸었다.

『사부…… 쿠즈류 선생님. 선수의 싸기는 왼쪽 미노 같습니다만…….』

『예전에는 몰이비차 대책으로 주로 쓰였던 싸기죠. 동굴곰보다 유연성이 있으며, 상황에 맞춰 타카미노 싸기로 변형하거나 은관으로 만들 수도 있습니다.』

『동굴곰이 특기인 쿠구이 선생님이 동굴곰을 상대로 싸우는 건가요?』

『예. 동굴곰의 장점과 단점을 파악하고 있는 《유린의 마치》의 동굴곰 퇴치법이 과연 어떤 걸지…… 주목해 보죠.』

화려한 무대에 이끌려 구경하고 있던 손님들은 얼이 나간 것 같지만, 장기에 대해 조금이라도 아는 이들은 내 해설이 귀에 들어오지 않는 눈치였다.

　그 정도로 이 결단은 뜻밖인 것이다.

『두 사람 다 자신의 특기전법을 버리고, 상대방이 특기로 삼는 방식을 채용한 것처럼 보입니다. 오랫동안 싸워오며 상대를 철저하게 연구했기에…… 상대를 존경하고, 상대의 수에 가치가 있다는 걸 인정했기에, 이런 상황이 펼쳐진 거라는 생각이 드는군요.』

　나는 확신을 담아 그렇게 말했다.

　그저 상대방을 놀라게 하려고, 도발하려고 이런 전법을 선택한 게 아니리라.

　하지만 이 판단이 어떤 결과로 이어질지는 전혀 예상이 되지 않았다.

『무승부……가 될까요?』

『천일수는 몰라도, 서로의 수비진형이 대치하는 대항형에서는 지장기가 거의 펼쳐지지 않습니다. 아마 이 대국으로 승패가 갈리겠죠.』

『기, 긴장돼요……!!』

　아이는 마이크를 양손으로 꼭 쥐었다.

　가장 앞줄에 있는 미오 양은 몸을 쑥 내밀었으며, 아야노 양은 얼굴이 새파랗게 질렸다. 그리고 샤를 양은 그런 아야노 양의 손을 상냥하게 잡아줬다.

대국자인 두 사람은 서로의 작전을 사전에 알고 있었던 것처럼 계속 수를 뒀다.

아마 제한시간을 얼마나 아낄 수 있을지가 승부에 크게 영향을 미칠 거라 생각하는 것이리라.

서로가 실전에서 쓴 경험이 적은 전법이라면, 제한시간을 많이 남긴 쪽이 유리하다. 서반에 시간을 아끼고, 중반의 승부처와 종반의 마무리 때 많은 시간을 투입하고 싶은 것이리라.

쿠구이 씨가 싸기를 향해 손을 뻗자, 아이는 소리를 질렀다.

『은이 왕의 위편으로 이동했어요!』

『은관이군요. 옥의 앞쪽이 강화됩니다만, 반대로 측면 방어력이 떨어질 겁니다.』

『그럼 선수인 쿠구이 선생님은 옥의 전방에서 싸움이 벌어질 거라고 생각하고 계신 걸까요?!』

『예. 그리고 싸움의 흐름이 쿠구이 씨의 작전대로 흘러간다면 우위를 점할 수 있겠지만, 빗나간다면 불리해지겠죠. 중반전은 그 대결이 볼만할 겁니다.』

중반에서의 싸움은 장기에서 가장 어렵다고 여겨진다.

연구를 할 수 있는 서반과도, 해답이 정해져 있는 종반과도 다르다. 답이 없는 상황에서, 유한한 제한시간을 유효하게 쓰면서, 자신이 이상적으로 여기는 형태를 장기판 위에 표현하는 구상력과 상대의 수읽기를 뭉개는 완력이 필요한 것이다.

즉————강한 사람이 이긴다.

오가 사사리는 그 대국을 누구보다 가까운 곳에서 보고 있다.

"…………."

손 언저리에 있는 태블릿과 기보용지에 수를 기록한다……. 그런 간단한 일인데도, 오가는 자기 자신이 깜짝 놀랄 만큼 피폐해지고 있다는 사실을 눈치챘다.

그것은 주먹다짐 이상으로 의지와 의지가 격돌하고 있는, 진짜 사투였다.

쿠구이가 은관을 짜자, 츠키요미자카는 금을 3단으로 올려서 위편에 방어벽을 만들었다.

츠키요미자카가 각의 길을 열어서 도발을 하면, 쿠구이는 보를 버리며 결전에 돌입하려 했다. 그 모습을 본 츠키요미자카가 5열로 비차(飛車)를 돌려 휘젓기를 노리자, 쿠구이는 오히려 싸움을 재촉하듯 차례차례 장기말을 전진시키면서 강력한 응수를 선보였다.

"하아아아앗!!"

48수 째를 두는 소리는 한층 더 컸다.

츠키요미자카는 3단에서 지키고 있던 금(金)을 결연히 출격시키더니, 그대로 주먹다짐에 응했다. 동굴곰을 짜기는 했지만, 오가의 눈에는 이 대국에서 후수로서 주도권을 쥐고 있는 이는 츠키요미자카인 것처럼 보였다.

──애초에 상대의 특기전법을 써서 이기려 들다니…… 그것 자체가 어마어마하게 호기로운 행동…….

『네 존재의의를 이 세상에 1밀리그램도 남기지 않고 전부 날려 버려주마!!』

……하고 말하는 거나 다름없는 것이다.

쿠구이 씨가 초등학생 때부터 갈고닦았고, 자신의 의지처로 삼아왔던 전법.

츠키요미자카가 그것을 쿠구이보다 더 완벽하게 사용하며, 타이틀을 빼앗는다면…… 그 대미지는 상상을 초월할 것이다.

──다시 장기를 두지 못하게 될 정도의 대미지일 거야…….

하지만 쿠구이 또한 그 도발을 순순히 받아주기만 한 것은 아니다.

오히려 자신의 한계를 넘어서려는 듯이, 새로운 장기에 도전하고 있다. 그리고 과거의 자신── 동굴곰에 의지하던 시절의 자신을 쓰러뜨리려는 듯이, 우직하게 돌격을 감행하고 있는 것이다.

새로운 자기 자신을 창조하기 위해…….

더욱더 강해지기 위해…….

"…………뜨거워……."

오가는 신음했다.

강에서 불어오는 봄바람은 아직 차갑지만, 기모노에 닿은 피부가 달아오르고, 피가 들끓더니…… 지금 바로 장기가 두고 싶어졌다.

──옛적에 여류기사를 관뒀던, 내가…….

예전에는 오가 또한 촉망받던 여류기사였다.

중학생 때 여류기사로 데뷔했던 시절만 해도 자신보다 어린 츠키요미자카나 쿠구이는 대등하게 싸울 수 있는 상대였다.

하지만 쿠구이도, 츠키요미자카도, 순식간에 여류기사의 최정상에…… 타이틀 보유자가 됐다.

──자신보다 강한 연하의 상대가 있는 상황은 힘들다…….
그리고 나는 그 상황을 견뎌내지 못했다.

상대가 자신보다 연하라면, 그리고 젊은 쪽이 유리한 이 세계에서는, 자신은 영원히 계속 질 수밖에 없다는 것을 의미했다.

윗세대에도 《이터널 퀸》 샤칸도 리나 여류명적이라는 레전드가 군림하고 있었기에, 오가는 일찌감치 은퇴를 선택했다.

그 후, 츠키요미자카와 쿠구이보다도 젊은 세대가 대두했다.

여류제위를 차지한 《휘젓기의 벼락》 사이노카미 이카.

그리고 《나니와의 백설공주》 소라 긴코라고 하는, 여류기사의 상식을 뒤집는 듯한 존재마저 출현했다.

게다가 그 밑에는 히나츠루 아이와 야샤진 아이 같은 괴물이 등장했으며, 츠키요미자카와 쿠구이의 세대는 고전을 하고 있다.

예전의 오가와 같은 상황에 처했지만, 츠키요미자카와 쿠구이는 싸움을 포기하지 않았다.

오히려 그 역경조차 힘으로 바꿔, 이렇게 엄청난 승부를 펼치고 있다.

과거의 영광 같은 건, 필요 없다.

타이틀에도 전혀 미련이 없다.

그저—— 강해지는 것만을 바라고 있다.

——……결국, 나 같은 건 계속 현역으로 남아있었더라도, 이러지 못했을 것이다…….

오가는 자신도 모르게 멈추고 있던 숨을 토했다.

——이렇게 장기판 옆에 앉아 있기만 해도 지쳐버려서야…….

강이 가져다준 봄바람은 생각했던 것보다 차갑고 강하다.

그래도 오가가 입은 기모노 안에는 땀이 배어 있었다.

그 정도로 눈앞에서 펼쳐지고 있는 대국이 머금은 열기는 막대했다.

——목말라……. 물 마시고 싶어…….

몇 번이나 물이 든 컵을 향해 손을 뻗었지만, 결국 참았다. 물을 너무 많이 마셨다간 화장실에 가야 하지만 그 시간조차 아깝게 느껴졌다.

——이 대국에서 눈을 뗄 수가 없어……!!

자신의 재능에 절망하며, 뜨거워지는 것은 일부러 참아왔던 오가조차도, 그 봉인을 풀고 눈앞의 대국에 몰두했다.

강이 가져다주는 바람이 점점 강해졌다.

우직한 정면대결은 서로의 시간과 체력을 빼앗아갔다.

겉보기에는 우직하지만 그 안에서는 방대한 양의 수읽기, 그리고 상대의 수를 망가뜨리기 위한 격렬한 싸움이 계속되고 있었다.

그 결과—— 중반의 초입에서 두 사람은 제한시간을 대부분 소모했다.

"츠키요미자카 선생님. 이제부터 1분 장기를 부탁드립니다."

"알았어!!"

《공세의 대천사》라 불리는 여자는 기합이 가득 들어간 목소리로 그렇게 말하더니, 각(角)을 버리고 비차(飛車)를 돌격시켰다.

드디어 선수의 수비진을 찢으며, 츠키요미자카의 용(竜)이 날아오른 순간이었다.

부드러운 옆구리에 용의 이빨이 다가오는 쿠구이가 마지막으로 깊은 생각에 잠기고──.

"쿠구이 선생님. 이제부터 1분 장기를 부탁드립니다."

"……."

쿠구이 마치는 말없이 고개를 끄덕이더니, 자신이 생각한 가장 강한 수를 뒀다.

77수째──6일금.

《유린의 마치》라고까지 불린 이 동굴곰 전문가가 동굴곰을 무너뜨리려 하고 있는 것이다.

"후수옥의 외통수순인가……?!"

죽음마저 두려워하지 않는 그 결단을 본 순간, 오가는 그저 놀랄 수밖에 없었다.

쿠구이는 귀중한 가진 말을 포기했고, 츠키요미자카 또한 대마를 버렸다.

──이제 누구 한쪽이 쓰러질 국면……!

하지만 그 국면은 너무나도 아슬아슬했으며, 누가 쓰러질지 읽는 것 또한 쉽지 않았다.

5
칠비성!

오가는 태블릿을 조작하면서, 츠키요미자카가 어떻게 할지 확인하기 위해 그녀의 표정을 살피려 했다.

하지만 다음 순간……

"앗……?!"

강렬하기 그지없는 바람이 불더니, 오가는 무심코 머리카락을 누르며 낮은 비명을 질렀다. 흐트러진 머리카락이 눈에 들어갈 것 같아서, 반사적으로 눈을 꼭 감았다.

그리고——.

"…………어?"

감고 있던 눈을 뜬 순간……

그곳에는 있어야 할 것이 존재하지 않았다.

"어?! 맙소사……!!"

오가는 새파랗게 질린 얼굴로 고함을 질렀다.

장기판에서 장기말이 사라졌다.

갑작스러운 돌풍에 장기판 위에 말이 전부 날아가 버렸다.

그때까지의 국면이 바람과 함께 무너져버리고 만 것이다.

그 순간, 입회인인 츠키미츠 세이이치는 상황을 파악할 수 없었다.

"……무슨 일이 일어난 거죠?"

건물 안에서 종국에 맞춰 기모노를 고쳐 입고 있던 츠키미츠는 건물 밖 대국장에서 돌풍이 불었다는 것도, 그 탓에 장기말이 날아가 버렸다는 것도, 바로 이해하지 못했다.

평소 같으면 정확하게 설명해 줬을 오가 또한 지금은 츠키미츠의 곁에 있지 않았다.

관계자 대기실에는 패닉이 발생했다.

"바람? 바람 때문에 장기말이 날아갔다고?!"

"어떻게 하죠?! 시합을 잠시 중단하고, 장기말을 주워서 다시 배치를……."

"하지만 없어진 장기말이 있으면 어떻게 하지?!"

"예비용 장기말은 있지?!"

"말은 있습니다! 그럼 대국을 잠시 멈출까요?!"

"하지만 이미 1분 장기 상태잖아! 지금 장기를 멈추면——."

"하지만 이대로는 제대로 장기를 둘 수 없다고!"

전대미문의 사태가 벌어지자, 다들 결단을 내리지 못했다.

그 혼란은 관객들에게도 전해졌다.

"……어이. 장기말이 없어진 것 같지 않아?"

"바람에 날아간 거 아이가?"

"어, 어떻게 하는 기고?! 대국을 중단하는 기가?!"

"하지만 이런 중반에 중단한다면, 다음에 두는 사람이 유리하지 않긋나?"

관계자도, 관객도, 대국을 지켜보던 모두가 혼란에 빠졌다.

그것은 기록 담당인 오가도 마찬가지였다.

상황은 1분 장기. 시간은 계속 흐르고 있다.

——어떻게 하지?! 초읽기를 해야 할까……. 아니면 대국을 중지시킬까?!

"회, 회장님……."

오가는 신음에 가까운 목소리로 그렇게 말했지만, 츠키미츠는 곁에 없었다.

만약, 1분 장기가 아니었다면…….

만약, 공개 대국이 아니었다면…….

만약, 입회인이 장님인 츠키미츠 세이이치가 아니었다면…….

그런 다양한 '만약'이 겹친 바로 이때——.

장기 역사에서 절대 일어나지 않을 희소한 상황 속에서, 공전 절후의 명승부가 탄생했다.

"…………."

기록 담당인 오가 사사리는 당황한 표정으로 수를 둘 차례인 츠키요미자카를 쳐다보았다.

'대국을 중단하라'고 말해 주기를 바랐다. 그렇게 말할 거라고 생각했다.

그렇게 한다면, 츠키요미자카는 이 어려운 국면에서 상당한 시간을 잡을 수 있다. 그것은 타이틀 탈취의 확률이 높아진다는 것을 의미했다.

하지만 그런 일은 벌어지지 않았다.

츠키요미자카는 표정 하나 바꾸지 않은 채, 장기판 위의 한 부분에 손가락을 올려두며 이렇게 말한 것이다.

"6구은."

자신이 둘 수를 선언한 것이다.

1분 장기 중에 장기말을 움직일 수 없을 상황이 벌어졌을 경우, 자신이 둘 수를 손가락과 말로 밝혀도 수를 둔 것으로 인정된다.

즉, 츠키요미자카는 이렇게 말한 것이다.

『이대로 장기말 없이 머릿속 장기판만으로 두자. 할 수 있지?』

……하고 말이다.

그리고 오가를 노려보았다.

"윽……!!"

오가는 그저 반사적으로 태블릿에 수를 입력했다──. 『86수, 후수, 6구은』 하고 말이다.

──매우 공격적인 수! 승리를 확신한 걸까?! 이대로 계속 공격하면 이길 수 있다……고 보는 거야?!

하지만 대국자는 츠키요미자카만이 아니다.

이대로 공식전에서…… 그것도 타이틀전에서 장님 장기를 둔다고 하는 전대미문의 폭거를 밀어붙이려면 다른 한 사람의 동의가 필요하다.

게다가 속기 장기가 특기인 츠키요미자카와 다르게, 장고파인 마치는 이런 상황에서 장기판과 말을 가지고 찬찬히 생각하고 싶을 것이다.

──머릿속 장기판만으로 이 최종국면에서 싸우는 건…… 압도적으로 불리할 거야. 어떻게 하려는 걸까?!

오가는 쿠구이의 얼굴을 쳐다보았다.

쿠구이는 타이틀 보유자로서, 대국자로서, 이 대국을 중단시킬 권리를 지니고 있다.

그저 한마디, 이렇게 말하면 된다.

『대국을 중단하고, 입회인을 불러라.』

……하고 말이다.

이 상황에서는 그것이 충분히 받아들여질 것이며, 그렇게 한다면…… 이 극도로 난해한 국면에서 공격을 해야 할지 응수에 전념해야 할지 수읽기를 할 시간을 충분히 확보할 수 있다.

"…………."

하지만 쿠구이는 딱히 고민하지 않았다.

오가가 태블릿에서 시선을 떼며 그녀를 쳐다본 바로 그때, 결단을 내렸다.

산성앵화는 이렇게 말한 것이다.

"8팔금."

단 한마디, 그 말을 입에 담았다.

그것은── 싸움을 계속하겠다는 신호.

『한 걸음도 물러서지 않겠다. 걸어온 싸움은 전부 받아 주겠다. 그리고 상대를 깨부수겠다!』

그렇다. 쿠구이 마치 산성앵화는 그렇게 선언한 것이다.

"자──."

태블릿의 기보가 갱신되자, 나는 내 눈을 의심했다.

"장님 장기로 대국을 이어가겠다는 거야?!"

나는 무대 위의 대국자를 쳐다보았다.

두 대국자는 격렬하게 몸을 앞뒤로 흔들면서 손이 아니라 입만을 움직이고 있었다.

틀림없다. 장기말 없이 싸울 속셈이다.

이 난해한 종반전을 말이다.

"괘…… 괜찮을까요?"

"전례는 존재하지 않지만…… 그래도, 대국으로는 성립할…… 거야……."

제자가 머뭇거리며 던진 질문에, 나는 그렇게 대답할 수밖에 없었다.

기묘한 광경이다.

한 사람은 눈을 굳게 감은 채, 머리를 손으로 쥐어뜯거나 고통에 찬 표정을 지으며 몸을 배배 꼬았다. 그리고 야수가 괴성을 지르듯 자신의 수를 외쳤다.

다른 한 사람은 하늘을 올려다보며, 마치 노래하는 듯한 독특한 억양으로 수를 읊었다.

두 사람 다 현실의 장기판이 아니라, 머릿속에만 존재하는 장기말을 이용해 장기를 두고 있다.

온갖 사고회로의 리소스를 장기에 쏟아붓고 있는 이 두 사람은 자신의 모습이 남들에게 어떻게 보일지 같은 것은 전혀 의식하고 있지 않았다.

그리고 더 기묘한 것은…… 그렇게 자아내진 기보가, 무시무시할 정도로 정확하다는 점이다.

가장 앞줄 관객 누군가가 중얼거린 목소리가, 울려 퍼졌다.

"명국상 감이야……."

그 누구도 그 말을 부정하지 않았다.

공개 대국, 그것도 여류기사의 장기.

장기를 좀 안다는 팬이라면, 이 두 요소가 갖춰진 것만으로 명국상이라는 단어를 절대 입에 담지 않을 것이다.

하지만 눈앞에서 펼쳐진 기보는 그런 한심한 선입관을 산산조각내고도 남을 정도의 파괴력을 지녔다.

게다가…… 장기말도 없이…….

여류기사? 공개 대국?

그게 어쨌다는 거냐.

프로고, 여류고, 상관없다.

압도적인 실력, 그리고 승리를 향한 열의가 똑같은 열량을 지닌 채 격돌하면, 그 순간 필연적으로 명대국이 생겨나는 것이다.

"……뜨거워!!"

나는 갱신되는 기보를 보면서 그렇게 중얼거렸다.

이런 장기를 보고 뜨거워지지 않는다면, 이 지상에는 장기 기사 같은 건 필요 없는 존재이리라.

"저기~ 누가 이끼는 꼬야~?"

"으음…… 나, 나도 모르겠어~!!"

샤를 양이 그렇게 묻자, 미오 양은 비명을 질렀다.

옆에 있던 아야노 양은 눈을 꼭 감은 채, 기도하듯 깍지를 꼈다.

"마치 언니……!!"

츠키요미자카 씨는 공격했다. 공격하고 또 공격했다.

별명인 《공세의 대천사》 그 자체로 변모한 것처럼, 방어를 완전히 도외시하며 공격을 펼쳤다.

"2팔비이이잇!!"

츠키요미자카 씨는 울부짖듯 가진 말인 비차를 투입했다.

쿠구이 씨는 이 공세를 완벽하게 받아냈지만——.

"6구금!"

"윽!! ……이 수는…….."

악수. 목소리는 날카롭지만, 지면 패배의 원인이 될 수준의 수였다.

"장님 장기를 두고 있다는 게 나쁘게 작용했어……. 쿠구이 씨는 자신의 옥을 지키는 데 너무 집중한 나머지 장기판 전체를 살피지 못했다. 의식이 『응수』에 집중된 나머지, 공격으로 전환할 타이밍을 놓친 거야……. 이대로 가다간 결국 지고 말 거야!"

아슬아슬하게 유지되던 균형이 츠키요미자카 씨를 향해 기울기 시작했다.

옥(玉)이 잡힐락 말락하는 그 국면에서, 한 소녀가 가장 먼저 외통수의 냄새를 맡았다.

"이렇게——."

내 옆에서 보드를 쳐다보던 아이는 그 자리에서 정좌했다.

그리고 앞뒤로 몸을 흔들기 시작했다.

"이렇게, 이렇게, 이렇게, 이렇게——."

아이 또한 두 대국자와 마찬가지로 이 난해한 국면을 완전히 파악하려 하고 있었다. 머릿속에 존재하는 열한 개의 장기판을 동원해서 말이다.

"104수에——."

"······아이?"

"2구비성^{승격}이면 후수가 이겨요."

"윽! ······그렇구나."

나도 같은 결론을 내놨다. 그리고 국면 또한 그 수를 향해 치닫고 있었다.

하지만 이 상황에서 또 좋지 않은 수가 나왔다.

츠키요미자카 씨가 선택한 것은 아이가 말한 2구비 승격이 아니라——.

"9오계?!"

"승부를 서둘렀나······. 하지만 그래도 장군이야. 정확하게 응수하지 못한다면, 결국 쿠구이 씨는 지고 말아!"

이 수에 대한 응수는 두 가지가 존재한다.

옥(玉)을 싸기 안에 둘 것인가.

아니면 싸기 밖으로 꺼내 적진을 향해 돌진시킬 것인가.

"……쿠구이 씨, 어떻게 할 거예요? 싸기 안에 있는 건 확실히 안전해요. 하지만 그래선 승리를 잡을 수 없어요."

이 상황에서는 안전한 장소에서 적이 실수하기를 기다리는 것도 하나의 방법일 것이다.

하지만 싸기라는 이름의 껍질을 깨고, 위험을 감수하면서 앞으로 나간다면── 그 너머에는 기사회생의 한 수가 기다리고 있다.

"…………."

지금까지 하늘을 올려다보고 있던 쿠구이 씨가 고개를 숙였다.

오가 씨의 초읽기가 시작됐다.

"30초──……."

쿠구이 씨는 망설이고 있었다.

"40초──……."

그것은 마치 수를 읽고 있다기보다…….

"50초. 일, 이, 삼."

길을 잃은 어린아이가 앞으로 나아갈지, 왔던 길로 돌아갈지 고민하고 있는 것 같았다.

"사, 오, 육, 칠, 팔, 구──."

"9육옥."

오오!!

　수만으로 국면을 이해할 수 있는 관객들이 그 말을 듣고 경악했다.

　"어떻게 된 기고?!"

　"옥을 싸기 밖으로 뺀 기다…….놀랍대이!"

　그런 대화가 손님들 사이에서 들려왔다.

　그 말대로, 쿠구이 씨는 싸기 안에서 옥(玉)을 출격시키더니, 앞으로 나아가는 길을 선택한 것이다.

　나는 참고 있던 숨을 토하며 중얼거렸다.

　"……껍질을 깼구나. 하아, 그약속을 지켜야 할지도 모르겠네……."

　"예?"

　아이는 영문을 모르겠다는 표정으로 나를 올려다보았다. 큰일 날 뻔 했는걸…….

　"체엣!! 시건방지게 굴긴! 2구비성!!"

　마치 사지에서 날아오르듯 홀로 공중에 떠 있는 쿠구이 씨의 옥(玉)을 향해, 츠키요미자카 씨는 맹공을 펼쳤다.

　하지만 쿠구이 씨는 그 모든 공격에 노타임으로 응수했다.

　일곱 번에 걸친 연속 장군을 전부 버텨낸 것이다. 완벽하게 수를 읽고 있다는 증거다.

　그리고 쿠구이 씨는 나와 아이가 읽은 기사회생의 수를 펼쳤다.

　태블릿에 표시된 『111수 ♟6삼각』이라는 문자를 본 순간, 우리는 마이크 스위치를 켰다.

　『수중에 있는 각을 올린 이 수는 절묘한 카운터군요.』

　『예, 사부님! 외통수순 뒤집기예요!』

　<u>오오오오오오오오오오오오오오오오오오오오오오오오오!!</u>

　관객들이 들끓었다.

　환성이 순풍이 된 것처럼 공수가 바뀌었다.

쿠구이 씨는 장기판 구석에 숨어있던 츠키요미자카 씨의 옥을 향해 금을 투입했다.

『토금을 써서 차근차근 싸기를 무너뜨리려는 거군요. ……기본에 충실하면서도 가장 빠르고 확실한 방법이에요.』

그것은, 완벽한 동굴곰 파훼다.

허공을 쳐다보고 있던 쿠구이 씨의 시선은 어느새 장기판 위의 한 점을── 자신을 궁지에 몰아넣어야 하는 옥(玉)이 있는 9일 지점을 향하고 있었다. 그 표정은 왠지 쓸쓸해 보였다.

그것은 자신을 지금까지 키워 준 동굴곰이라는 전법에 대한 애도이며, 재능이 없다며 포기하고 있던 예전 자신과의 결별이다.

그리고 그 표정을 유지한 채, 다음 한 수를 읊었다.

"7삼계."

쿠구이 씨가 135수에서 계(桂)로 장군을 걸자…….

"…………."

츠키요미자카 씨는 감고 있던 눈을 뜨면서 흐트러져 있던 자세와 옷을 다듬더니, 물로 목을 축였다. 그리고 우리에게도 들릴 만큼 당당한 목소리로 말했다.

그것은 부호가 아니라──.

"졌습니다."

고개를 당당히 숙이며, 도전자는 투료를 했다.

그 순간, 이 삼번승부는 끝났다. 쿠구이 마치 산성앵화의 타이틀 방어가 결정된 것이다.

그리고 그것은 샤칸도 리나 퀸 4관의 뒤를 잇는 사상 두 번째 여류 영세위 보유자——『퀸 산성앵화』가 탄생한 순간이기도 했다.

⌂

종국 후.

두 대국자는 잠시 동안 얼이 나가 있었다. 머릿속 장기판만으로 그런 격렬한 종반전을 펼쳤으니 당연했다.

축 늘어진 두 사람을 보도진의 카메라가 둘러싸고, 대국을 쭉 지켜본 관객들은 아낌없는 박수를 보냈다.

그리고 두 사람은 기록 담당인 오가 씨의 뒤를 따르며 보드 해설장으로 향했다.

나와 아이, 그리고 대국 종료 후에도 자리를 떠나려 하지 않은 수많은 장기 팬이 대결을 끝낸 대국자를 맞이했다.

가장 앞줄에는 미오 양과 샤를 양이 흥분 때문에 얼굴이 새빨개진 채로 손뼉을 치고 있으며, 아야노 양은 새빨개진 눈으로 동경하는 사저를 응시하고 있었다.

『두 분, 수고하셨습니다. 정말 뜨거운 대결이었어요!』

대국자인 두 사람은 보드를 사이에 두고 좌우에 섰다.

지칠 대로 지친 듯한 쿠구이 씨는 내 옆에 섰다.

그리고 분한 감정을 온몸으로 발산하며 뚱한 표정을 짓고 있는 츠키요미자카 씨는 아이의 옆에 섰다.

대국을 마친 직후에 나란히 설 수 있을 만큼, 투지가 빠져나가 지는 않은 것 같았다.

　그리고 이번에 츠키요미자카 씨는 '죽여서라도 타이틀을 차지 하겠다.' 는 소리까지 했다.

　안 그래도 최종국까지 이어진 이 대결의 결과는 패배한 자의 마음에 깊은 상처를 줄 것이다……. 예전 같은 관계로는 되돌아가 지 못할지도 모른다.

　그런 내 불안을 뒷받침하듯…….

　""………….""

　쿠구이 씨와 츠키요미자카 씨는 내 말에 답하지 않았다.

　『저, 저기…… 볼거리가 많은 장기였습니다! 특히 츠키요미자카 씨가 몰이비차 동굴곰을 뒀을 때는 정말 놀랐죠. 그건 사전에 준비한 작전이었나요?』

　내가 그렇게 묻자, 츠키요미자카 씨의 발치에 있던 아이가 발 돋움을 하면서 패배자의 입가를 향해 마이크를 내밀었다.

　그러자 츠키요미자카 씨는 언짢아 죽겠다는 듯한 표정을 지은 채…….

　"내놔."

　"앗."

　아이한테서 마이크를 빼앗더니, 프로레슬링의 악역 같은 어조 로 이야기하기 시작했다.

　『동굴곰이 미리 준비한 작전이었냐고 물었냐? 당연하잖아!』

　츠키요미자카 씨는 깜짝 놀란 나와 청중을 향해 외쳤다.

『기습이야, 기습. 나는 제2국에서 마치의 동굴곰을 통구이로 만들었지? 그러니 이번에 내가 동굴곰을 쓰면, 뚜껑 열려서 달려들 거라고 생각했어. 뭐, 결국 인내심이 바닥난 바람에 내가 먼저 공격을 한 걸로 모자라, 마지막에는 거꾸로 동굴곰이 무너지고 말았지만 말이야! 이제 됐냐?! 쓰레기!!』

『아, 예! 됐어요! 충분해요!』

『그리고 져서 열 받았으니까 그렇게 뻔한 질문을 하지 마, 이 쓰레기야!! 쓰레기쓰레기쓰레기쓰레기이이이이이이이이이이이이이잇!!』

『자, 잠깐만요?! 그, 그렇게까지 폭언을 퍼부을 필요는 없잖아요! 나도 그 몰이비차 동굴곰이 기습이라는 건 알지만, 장기 팬 여러분에게 대국자 본인이 직접 설명을 해 줬으면 해서 일부러 물어본 거라고요!』

『시끄러워시끄러워시끄러워시끄러워어어어어어——!! 그리고 여기 있는 녀석들은 하나같이 마치만 응원했잖아! 어차피 내가 져서 마음속으로 꼴좋다고 생각하지?! 빌어먹으으으으으으으으으으으으으으으으으으을————————!!!!!』

패배자는 제대로 열 받은 것 같았다.

손님들은 그 태도를 보며 화내기보다는 그저 깜짝 놀라고만 있었다. 나도 놀랐다. 요즘에는 졌을 때 이렇게 거칠어지는 사람이 적거든……. 내 사부님은 연맹 창밖으로 방뇨를 했지만 말이야…….

그런 와중에——.

"저, 저기………."

츠키요미자카 씨의 발치에서 오들오들 떨고 있던 아이가 머뭇거리면서 물었다.

"츠키요미자카 선생님? 그 은 올림은…… 혹시……."

……은(銀)?

아이가 말한 『은 올림』은 물론── 바람에 장기말이 날아가기 직전에 둔 그 수다.

츠키요미자카 씨가 처음으로 말로 수를 뒀던, 그 수말이다.

츠키요미자카 씨는 그 질문을 듣자마자 이렇게 대답했다.

『그래. 6구은을 둔 시점에, 졌다는 건 읽고 있었어.』

"어?"

쿠구이 씨는 그 말을 듣고 눈을 치켜떴다.

"어……? 졌……어? 그때?"

『당연하잖아? 그래서 장님 장기를 타진한 거야……. 장기말을 쓰지 않으며 속기 장기를 둔다면 내가 이길 수 있을 거라고 생각했고, 장님 장기를 타진했을 때 동요할 거라고 생각했거든.』

다들 경악한 것 같았다.

장님 장기를 선택했기 때문이 아니다.

츠키요미자카 씨가 그 시점에서 자신의 패배를 읽고 있었다는 사실 때문이다.

역시 츠키요미자카 료는…… 강해!

하지만 오늘, 그런 그녀보다 강했던 이는──.

『하지만 이 녀석은 도망치지 않았어. 내 장외전술도, 몰이비차 동굴곰이라는 기습도, 전부, 전부, 받아냈지. 강했어. 완패야. 졌습니다.」

츠키요미자카 씨는 멍하니 서 있는 쿠구이 씨를 손가락으로 가리키더니, 과장스러울 정도로 어깨를 으쓱했다.

분한 것이다. 울부짖고 싶을 만큼 분할 게 틀림없다.

하지만 츠키요미자카 씨의 표정은 왠지 밝았다.

말투가 험하고, 해설자인 나한테도 매몰차게 대하지만…… 패배자로서는 어엿하기 그지없는 태도라는 생각이 들었다.

『쿠구이 씨. 팬 여러분에게 한마디 부탁드립니다.』

『예?』

깜짝 놀란 표정으로 나를 쳐다보던 쿠구이 씨는 내가 내민 마이크를 쥐는 것조차 주저했다.

하지만 곧 각오를 다지며 마이크를 쥐더니, 이야기를 시작했다.

『지금은…… 가슴이 너무 벅차서 무슨 말을 하면 좋을지…….』

그녀는 목이 잠긴 것 같았다.

다음 말도 좀처럼 입에 담지 못했다.

그런 쿠구이 씨에게, 나는 질문을 던졌다.

『왜 동굴곰을 만들지 않았던 거죠?』

『…………전부터 생각했었지예. 이대로도 괜찮겠냐고……. 동굴곰에 의지하기만 하는 장기로 타이틀을 따고, 계속 지켜왔지만, 그것에 의미가 있는지……. 여류기사인 자신에게, 산성앵화인 자신에게, 얼마나 의미가 있는지…….』

쿠구이 씨의 말은 관객들을 향하고 있었다.

하지만 그와 동시에 그날 밤의 대답이기도 했다.

『제2국에서 완패하면서, 마음을 비웠습니대이. 그래서 자기가 하고 싶은 장기를, 쭉 동경해 왔던 재능 있는 사람의 장기를 시도해 보자고 생각했지예………. 그 상대가 제 장기를 흉내 내는 걸 보고 깜짝 놀랐다 아닙니꺼…….』

『윽……!』

츠키요미자카 씨는 그 말을 듣더니, 놀란 듯한 눈빛으로 쿠구이 씨를 쳐다보았다.

『오늘은 운이 좋아서 이겼지만, 다음에도 이길 수 있을지는 모르겠습니더. 동굴곰을 더 갈고닦는 것이 좋은지, 아니면 오늘 같은 장기를 두는 편이 좋을지, 이대로 자신이 강해질 수 있을지…… 자신이 장기를 계속하는 것에 의미가 있는지…… 고민은 아직 사라지지 않았지만…….』

하지만――.

사상 두 번째 퀸 산성앵화는 힘찬 어조로 말을 이었다.

『오늘만큼 장기가 재미있다고 즐긴 적은 없습니대이.』

그리고 깊이 고개를 숙이더니, 단호한 어조로 말했다.

『오늘 같은 장기를 또 둘 수 있도록…… 1년 더, 산성앵화 타이틀을 맡도록 하겠습니대이.』

우레 같은 박수가 벗나무의 꽃잎과 함께 흩날렸다.

《자전기(自戰記)》

125수에 8삼계를 둔 시점에서, 승부는 완전히 갈렸다는 사실을 깨달았다.

하지만 나는 5일보를 두며 버텼고, 6일금을 두며 발버둥을 친 것은 상대가 실수를 범하기를 바라서가 아니다.

변명처럼 들릴지도 모르지만…… 그런 느낌은 들지 않았다.

공개 대국이기에, 진다는 것을 알더라도 외통수라는 게 훤히 드러나는 때까지 대국을 계속하자고 이 시리즈가 시작되기 전부터 마음먹었다.

하지만 그런 상황에 처하자, 그런 의식도 사라졌다.

나는 그저, 그 대국을 영원토록 끝내고 싶지 않았다.

패배를 의식한 후에 장기를 둘 때는 솔직히 괴롭다.

그 순간에도 괴로웠다.

하지만 그 고통 속에서, 무언가…… 이런 표현이 적절할지는 모르지만 '빛' 같은 것이 보였다.

『장기계에서는 실력이 모든 것.』

일전에 이 자전기에서 나는 그렇게 썼다.

그 생각은 지금도 변함이 없다.

소라 긴코처럼, 고고하면서도 한결같이 최강을 목표로 삼는다.

그것이 올바르다고 생각하며, 그런 삶을 동경하기도 한다.

장려회에 들어갔던 것도, 자신이 생각하는 최강의 존재를 그저 쫓기 위해서였다. 그것이 올바르다고 생각했기 때문이다. 여류기사와 싸우기만 해선 강해질 수 없으며, 그런 인생에 의미는 없다고 생각했다. 쓰러뜨릴 적만 있다면, 혼자서도 강해질 수 있다고 생각했다.

예전의 자신은 확실히 옳았다.

장려회를 탈퇴한 후, 여류기사로 돌아온 나는 예전과 달라졌다.

동료인 여류기사들과의 공감과 동료의식. 대국 상대의 존경.

그런 물러터진 감정이 승부에 필요한 강함을 나에게서 빼앗아간 것일지도 모른다. 그런 지적을 받으면 반론하기 어렵다. 이렇게 졌으니까 말이다.

하지만 나는 이렇게도 생각한다.

목표로 삼은 꼭대기는 한 곳일지도 모르지만, 그곳에 올라가는 방법은 무수히 존재하는 것이다.

장려회에서 잘렸을 때, 목표와 자신감을 둘 다 잃고 빈껍데기가 된 나를 다시 받아들여 준 곳은 바로 내가 깔보며 내버렸던 여류기사들이었다.

특히 그중에서도 이번에 내가 도전한 상대는 연구회와 VS뿐만 아니라 사적인 시간에도 나를 챙겨줬다. 지긋지긋할 정도로 말이다(웃음).

여류기사회의 활동에 나를 끌고 가기도 했고, 사람들을 잘 사귀지 못하는 나를 다양한 곳에 데려가줬다.

나는 더 이상 혼자가 아니었다.

이 동료와 함께 강해지자. 그렇게 결의했다.

하지만 타인에게 인정받기 위해서는 결과를 내놓을 수밖에 없으며, 내 개인적인 결의와 감정 같은 것은 장기의 역사 속에 묻혀버리고 말 것이다.

그것은 아쉽기도 했고, 또한 분하게도 느껴졌다.

분명 쿠구이 마치도 그런 마음을 품고 있을 것이며, 그렇기에 그녀는 그것을 세상에 남긴 수단으로써 관전기를 선택했다고 생각한다.

나에게는, 유감스럽게도 그런 재능이 없다.

이 자전기에서도, 자신의 속내를 털어놓는 것조차 쉽지 않다. 이렇게 글을 적을수록, 자신의 마음에서 멀어지는 듯한 답답함을 느낀다.

나에게는 정말 장기뿐이라는 생각이 든다.

그렇다면, 장기판 앞에서 내 모든 것을 드러내자.

지는 것을 두려워하지 않으며, 부정당하는 것도 피하지 않는다.

내가 인생에서 처음으로 라이벌이라 생각했고, 지금도(외람되지만) 목표로 삼고 있는 프로 기사는 이렇게 말했다.

『마음이 꺾이지 않으면 진 게 아니다.』

그 말대로, 그는 아무리 연패를 해도, 세간으로부터 어떤 소리를 듣더라도, 절대 포기하지 않았다.

그래서 나도 강해지자고 생각했다. 강해질 수 있다고 생각했다.

설령 장기 이벤트에서 팬에게 그 어떤 말을 듣더라도 자신이 해야 할 일을 잊지 않는, 그런 강함을 손에 넣고 싶다.

예전에 이 자전기에도 썼지만, 장기 팬 여러분들이 나에게 과분한 별명을 지어줬다.

《공세의 대천사》라는 그 별명에 담긴, 『공세』란 말은 두려워하지 않으며 앞으로 나가는 것을 의미한다.

그리고 『천사』라는 말은, 신에게 사명을 받아 하늘에서 내려온 자를 가리킨다.

그렇다면——.

앞으로, 앞으로, 앞으로 나아가는 것이야말로, 여류기사인 내 사명이라고 생각한다.

두서없는 문장을 읽어주셔서, 감사합니다.

내년에도 또 이 무대에 다시 돌아오겠습니다.

도전자 츠키요미자카 료

후기를 대신해——『어느 점원의 이야기』

『용왕이 하는 일!』8권을 읽어 주서서 감사합니다.

시리즈 집필 당초에는 감상전에 나오는 두 사람을 본편에 등장시키지 않을 생각이었습니다만(적어도 메인으로는), 너무 인기가 많아서 이번에는 이 두 사람이 메인인 이야기를 썼습니다. 그리고 오가 씨도요. 오가 씨도 정말 좋아요.

하지만 그렇게 하면 평소 메인으로 활약하는 캐릭터의 비중이 너무 줄기 때문에……, 현재는 입수가 어려운 2권 드라마CD의 내용과 인터넷으로 공개된 단편 등을 조합해 봤습니다.

6권, 7권은 연달아 무거운 내용이었기에, 이쯤에서 약간 밝은 내용을 넣고 싶기도 했습니다.

사실…… 요즘 들어 「후기까지 무겁다」라는 소리까지 듣게 된지라…….

저의 작풍은 기본적으로 코미디이고, 후기라고는 해도 너무 무거운 내용은 읽기 싫다는 심정 또한 이해합니다. 죄송해요…….

그래서 이번 후기는 밝은 내용입니다!

이건 『용왕이 하는 일!』 출판 전의 일입니다.

당시, GA문고는 10주년을 맞이했고, 칸사이 방면에서의 매출을 늘리려고 고심 중이었습니다.

　그 방법 중 하나가 칸사이의 서점원분들과 함께하는 자리를 마련해서, 어떤 책이 실제로 팔리는지에 대한 의견을 듣는 것이었습니다.

　그 자리에는 저도 참가했습니다. '칸사이가 무대이니, 이『용왕이 하는 일!』이라는 작품을 칸사이 쪽에서 밀어주자!' 같은 취지였던 걸로 기억합니다.

　참고로『용왕이 하는 일!』의 표지가 맨들맨들한 재질인 것도 '매끈매끈한 재질이면 전시를 해뒀을 때 빛이 반사되어서 일러스트가 잘 보이지 않는다' 라는 의견이 그 자리에 나왔기 때문입니다.

　이렇게 GA문고 10주년 기념 작품으로 뽑힌『용왕이 하는 일!』은 1권 발매시기에 칸사이 서점에서 엄청 푸시를 받았습니다.

　자아, 당시의 제가 어떤 상황이었냐면…….

　6권 후기에서 적었다시피, 아버지 같은 존재였던 할아버지께서 돌아가셨습니다.

　너무 슬펐고, 할아버지를 위해서라도 신작을 히트시키자며 제가 할 수 있는 일은 뭐든 다 할 심정이었습니다.

　트위터도 이용하게 됐으며, 적극적으로 트윗을 하며 신작을 홍보했습니다만――.

　바로 그때, 한 장의 사진을 보게 됐습니다.

어떤 관전기자 분이 트위터로 리트윗한 것이었는데, 코베에 있는 서점의 매장에 장기판이 놓여있는 사진입니다.

다음 달에 발매되는 『용왕이 하는 일!』을 홍보하기 위해서, 그 가게의 라이트노벨 코너에 조그마한 다다미와 장기판이 놓인 거죠.

장기 팬 사이에서는 약간 화제가 되면서, 『용왕이 하는 일!』이라는 장기 라이트노벨이 발매된 것을 안 분도 있을 거라고 생각합니다.

정말 기뻤고, '이렇게까지 해 주셨으니, 꼭 감사 인사를 드리고 싶다!'고 생각했습니다.

하지만 코베는 멀기도 한 데다, 겨우 감사 인사를 하러 기후에 사는 제가 찾아가면 폐가 될 거라고 생각해 좀처럼 행동에 옮기지 못했죠…….

조부께서 돌아가시고 한 달하고 보름 정도 지냈을 즈음…….

8월의 어느 더운 날의 일입니다.

아침에 일어나보니, 갑자기 이런 생각이 들더군요.

"2권의 무대는 코베니까, 취재도 겸해서 감사 인사를 하러 가볼까……."

역시 할아버지가 돌아가신 바람에 '할 수 있는 일은 뭐든지 해야 해!' 하고 생각하며 초조함에 사로잡혀 있었던 것 같습니다.

또한, 『농림』과 콜라보 중인 축구 팀 FC기후가 오사카에서 시합을 하기에, 그것을 관전하러 간다는 이유도 있었습니다.

다양한 이유가 겹치면서, 그날 아침에 칸사이로 떠나기로 정한

저는 나고야 역에서 신칸센을 타고 코베로 향했습니다.

그리고 코베에서 필요한 취재를 마친 후, 예의 그 가게에 찾아 갔습니다.

장기판은 사진대로 라이트노벨 매장 중앙에 놓여 있었습니다. 강렬한 위화감을 뿜으며…….

저는 마침 매장에 있던 점원분에게 말을 걸어봤습니다.

"죄송합니다만, 이 장기판을 여기에 가져다 둔 분은 어느 분이 시죠?"

"저인데요……?"

"감사합니다! 제가 저 작품의 작가예요!"

저는 장기판을 손가락으로 가리키며 자기소개를 했습니다. 아직 출판되지 않은 책의 작가가 연락도 없이 나타났으니 놀랐을 테지만, 그 점원분은 기뻐해 주셨습니다.

그리고 왜 장기판을 가져다둔 건지 열정적인 목소리로 이야기 해 주시더군요.

자기는 라이트노벨을 담당하게 된 지 얼마 안 되어 아직 잘 모르지만, 열심히 머리를 써서 매장을 만들면, 반드시 부수가 늘어났다고 합니다.

GA문고에서 서점 전원을 대상으로 마련한 자리에도 참가했으며, 거기서도 자신의 생각을 말했었다고 합니다.

출판 전에 『용왕이 하는 일!』을 읽었고, '재미있으니 잘 팔릴 거야!' 하고 생각하게 됐다는 등…… 제가 말을 할 틈도 없을 만큼, 이 『용왕이 하는 일!』을 위해 앞으로 어떤 걸 하고 싶은지 이야기해 주셨습니다.

"열정적인 사람이네."

당시에 제가 그렇게 생각했다는 것을 아직도 기억하고 있습니다.

그리고 말만이 아니라, 그 점원분은 실제로 뛰어난 결과를 내 놨습니다.

1권 발매 때에는 아키하바라의 유명한 점포 못지않은 매출을 기록했죠. 아마 그 시점에서는 일본 제일의 판매량을 기록했을 거라 생각합니다.

2권 때는 사인회도 개최했습니다.

그 열의에 부응하기 위해, 저도 예전보다 더 열심히 영업 활동을 했습니다. 칸사이와 토카이의 서점을 돌며 사인회도 가졌고, 특전 소설도 잔뜩 쓰는 등, 제가 할 수 있는 일은 뭐든 다 했습니다.

대히트까지는 아니지만, 덕분에 『용왕이 하는 일!』은 조금씩 매출이 늘어났습니다.

그 후, 그 점원분과의 교류도 끊기고 말았습니다만……

"지금 어떻게 지내고 있을까?"

그런 생각을 하면서 제가 사는 지역의 계열점에 책을 사러 간 저는 그곳에서 그 점원분이 일하고 있는 모습을 봤습니다.

어느새, 이 가게로 전근을 왔다고 합니다.

엄청 놀랐습니다.

그리고 저는 처음 만났을 때처럼 그분에게 또 말을 걸었고, 저희는 또 같이 일을 하게 됐습니다.

강력한 아군을 얻은 『용왕이 하는 일』은 제가 사는 지방에서 더욱 판매량이 늘어났으며, 장기 펜클럽 대상과 『이 라이트노벨이 대단해』가 순풍으로 작용해 애니화까지 되고 맙니다.

자아, 출판 전부터 『용왕이 하는 일!』을 떠받쳐 주신 그 점원분이 지금 어쩌고 계시냐면——.

작품만이 아니라, 저까지 떠받쳐 주고 있습니다.

처음 만난 날로부터 딱 3년 후에 결혼했습니다.

어머니가 돌아가시고, 가족이 한 명도 남지 않았을 때, 저는 비로소 자신이 누구와 어떤 인생을 걷고 싶은지 진지하게 생각했습니다. 저는 앞으로도, 그 어떤 고난을 맛볼지라도 자신이 쓰고 싶은 이야기를 집필하고 싶습니다. 그럴 때, 저보다 더 열정적이고 근성이 있는 사람이 곁에 있어 줬으면 싶더군요.

바로 그때, 저는 그 점원분의 얼굴이 떠올랐습니다.

할아버지가 저희를 만나게 해 주고, 어머니가 제 등을 밀어준 것 같다는 생각이 들었습니다.

저에게는 과분할 만큼, 훌륭한 아내입니다.

딱 하나 신경 쓰이는 점을 꼽자면…… 아내는 저보다 일곱 살 연하라는 점입니다.

그리고 그 연령 차이는 야이치와 아이 양의 연령 차이와 같다는 건데…….

하지만 열여섯 살과 아홉 살 관계와는 다르게, 30대와 20대이니 딱히 위화감은 없습니다. 그리고 저로서도 '일곱 살 차이면 이런 느낌이려나~' 하고 참고가 될 것 같았기에 딱히 의식하지는 않습니다.

하지만 제가 어떤 책을 쓰는지 안 아내의 친척들이 '역시…….' 하는 듯한 반응을 보이지 않았을지, 그게 걱정입니다. 어떤 식으로 변명을 하던 설득력은 없을 테니…… 선배 작가들에게는 '나는 다섯 살 차이인데 로리콤 취급을 당했으니 각오하는 게 좋을 거다.' 같은 조언(?)도 받았습니다…….

작품 안에서 야이치를 로리콤으로 취급한 벌을 받는 걸지도 모르겠군요…….

『용왕이 하는 일!』은 온갖 의미에서 저의 인생에 전환기가 되는 작품이 됐습니다.

이 작품이 없었다면 아내와 만나지 못했겠죠.

아내와의 만남이 없었다면, 작가인 저보다 뛰어난 열의를 가지고 작품을 사랑해 주는 사람이 있다는 것을 눈치채지 못했을 거라고 생각합니다.

그 사랑과 열의에 지지 않도록, 앞으로도 전력을 다해, 예정보다 더 뜨겁게, 이 『용왕이 하는 일!』을 써나가겠습니다.

감상전

© shirabii

"역시 여기 있었군요."

산성앵화전이 끝난 다음 날.

아침 일찍 칸사이 장기회관의 기사실에 얼굴을 내밀어보니, 먼저 와있는 이들이 연습 장기를 두고 있었다.

"어? 뭐가 '역시'인 건데?"

"용왕 씨, 어제는 고생 많았대이♡"

츠키요미자카 료 여류옥장, 그리고 경사스럽게도 타이틀을 지켜낸 쿠구이 마치 퀸 산성앵화.

이 두 사람이 타이틀전 이전과 마찬가지로 장기를 두고 있는 모습이 눈에 들어오자, 나는 안심했다.

"뭐, 사사건건 낙담한다고 달라지는 게 있는 것도 아니잖아."

"내는 타이틀을 지켰으니 낙담할 이유가 없대이♡"

츠키요미자카 씨는 패배의 충격을 떨쳐낸 것 같았고, 쿠구이 씨는 이긴 덕분인지 표정이 밝았다.

최종국의 내용은 올해 명국상 후보라는 소리도 있을 정도이며 (여류의 대국이 명국상을 받는다면 전대미문의 일이다), 그런 장기를 둔 후에는 결과를 개의치 않게 된다. 뭐, 이긴 쪽이 더 기분 좋겠지만 말이다.

나는 츠키요미자카 씨의 옆에 앉으면서 장기판 위의 상황에 대해 물었다.

"연습 장기를 두는 건가요? 누가 우세하죠?"

"대국이 아냐. 연구회 중이라고, 연구회."

"이틀 연속으로 승부 장기를 둔 후에 승패가 갈리는 장기를 두는 건 좀 그렇다 아이가."

확실히 장기판 위의 상황을 보니 최근의 과제 국면이었다.

쿠구이 씨가 곁에 둔 스마트폰을 만지작거리는 것도, 다른 누군가가 다른 장소에서 하고 있는 연구회 쪽과 연락을 취하고 있기 때문일지도 모른다. 요즘에는 이런 스타일의 연구회도 늘어나는 추세다.

"그것보다 너도 고생이 많겠네."

츠키요미자카 씨는 장기말을 옮긴 후, 나를 쳐다보며 그렇게 말했다.

"예? 뭐가 말이에요?"

"마이나비 말이야, 마이나비. 그 망할 흑발 꼬맹이가 도전자 결정전에서 마치에게 이기면, 긴코와 오번승부지? 나와 마치가 맞붙는 것보다 더 골 때리는 상황이잖아."

망할 흑발 꼬맹이…… 야샤진 아이 말이군요.

쿠구이 씨도 여우 같은 미소를 지으며 그 말에 동의했다.

"맞대이. 둘째 부인과 누님의 타이틀전이니까 이러지도 저러지도 못하겠재? 뭐, 순순히 그 대결을 실현해 줄 생각은 없지만 말이대이."

"둘째 부인…… 야샤진 아이가요?! 그런 농담 하지 마세요! 누가 들으면 나를 죽이려 들 거라고요!"

""누가 말이야?""

"양쪽 다예요!"

키요타키 일문 안에서도 최고로 위험한 조합이다. 연습 장기도 포함해, 아마 아직 한 번도 대국을 하지 않았을 것이다.

그 두 사람이 다투게 된다면…… 너무 무시무시해서 상황을 상상하는 것조차 어렵다. 일단 내가 무사할 가능성이 없다는 것만은 틀림없다.

"그 꼬맹이한테 있어서는 긴코가 시누이 같은 존재인 거지? 다툴 만도 하네."

"용왕 씨는 누구 편을 들 거고?"

"양쪽 편을 다 들 거예요."

나로서는 이번 앵화전과 마찬가지로, 양쪽 다 최고의 퍼포먼스를 발휘하며 명대국을 펼쳐줬으면 한다.

그러기 위해 돕기는 하겠지만, 누구 한쪽을 편들 생각은 없다.

하지만 그런 내 대답에 이 두 사람이 납득할 리가 없으며──.

"우리가 물은 건 그런 게 아니대이. 누구 세컨드가 될 건지 물은 기다."

"으음~…… 뭐, 사저는 이미 타이틀전에 익숙하니까요. 스승으로서 제자를 돌보는 게 당연하지 않겠어요?"

"칼침 맞겠네."

"그렇대이. 난도질당할 기다."

"불길한 소리 하지 마요!"

나도 그렇게 되는 건 아닌가 불안하다고!

"……뭐, 실은 그 이야기를 하려고 이곳에 온 거예요."

"긴코한테 들키지 않게 제자 편을 들 방법을 물어보러 온 거야?"

"그런 게 아니에요."

나는 진지한 표정을 지으며 물었다.

"아이는 타이틀전에 처음으로 출전하는 거니까, 여자 시점에서 조언해 줬으면 해서요. 나는 거기까지는 잘 모르고, 사저에게 그런 걸 물어볼 수도 없으니까요."

"그런 기가……. 제한시간을 어떻게 쓸지는 미리 알려주는 편이 좋을 거대이."

"맞아. 여류 기전은 기본적으로 제한시간이 짧고, 타이틀전만 유독 긴 느낌이거든. 처음 접하면 꽤 당황스러울 거야."

"아하~."

그거라면 나도 가르쳐 줄 수 있을 것 같다. 남자 기전은 제한시간이 훨씬 기니까 말이다.

"그것 말고는…… 아, 그것도 가르쳐 주는 편이 좋겠네. 하지만 쓰레기가 가르쳐 줄 수 있을지 좀 걱정인걸~."

"츠키요미자카 씨, 그게 뭐예요?"

"기모노 말이야, 기모노. 여왕전은 기모노 착용이 의무화되어 있으니까, 미리 기모노에 익숙해지는 편이 좋지 않겠어~?"

앗……!

"그렇대이. 기모노 차림으로 대국할 때는 요령이 필요하재."

쿠구이 씨는 장기말을 움직이면서 자신의 가슴 언저리를 쓰다듬었다.

풍만한 가슴이 희미하게 흔들리자, 나는 오늘이 나에게 있어 좋은 날이 될 거라고 확신했다.

"가장 갑갑한 건 가슴이대이. 남성용 기모노는 허리에 띠를 두르지만, 여성은 가슴에 두르는 기다. 그러니 숨을 쉬는 것도 힘들고, 장기에 집중해서 몸을 앞쪽으로 기울이면 숨도 못 쉰다 아이가."

"아하……."

"그래? 나는 밥 먹을 때 이외에는 가슴 쪽이 갑갑하다는 느낌을 받은 적 없는데 말이야."

"그럴 거예요."

내가 즉시 고개를 끄덕이자, 츠키요미자카 씨는 날카로운 스트레이트를 날렸다. 다행이야. 타이틀 도전자 결정전 실패의 상처는 완전히 아문 것 같네……. 대신 내가 다쳤지만 말이야.

"이 쓰레기, 확 죽여 버린다! 사람이 모처럼 여자 장기 머신에게 이길 수 있도록 진지하게 조언해 주고 있는데……!"

"하지만~ 사저도 가슴은 납짝납짝~하거든요. 초등학생과 비등비등할걸요?"

"에이, 긴코도 조금은 커졌을걸?"

"아뇨, 아뇨. 아직 완전 절벽이에요."

"그렇게 단언해도 되나? 긴코가 또 듣기라도 하면 널 죽이려고 할 긴데."

"괜찮아요. 나도 학습했거든요."

나는 스마트폰 화면을 쿠구이 씨에게 보여주며 말했다.

"사저의 스케줄은 이미 확인했어요. 오늘은 연맹에 안 와요. 케이카 씨와 연구회를 하고 있거든요. 여기 오기 전에 케이카 씨한테 사저와 연구회를 하고 있는 사진을 찍어서 보내달라고 했다고요."

"그러나. 그런데 용왕 씨."

"예?"

"스마트폰은 말이재? 핸즈프리라는 게 되는 걸 아나?"

쿠구이 씨가 그렇게 말하더니, 다른 연구회와 연결되어 있는 스마트폰을 손가락으로 가리켰다.

그리고 스마트폰에서 귀에 익은 목소리가 흘러나왔다……. 그것은 지옥에서 온 메시지였다.

『안녕. 내가 완전 절벽인 게 뭐가 어때서?』

"사…… 사저————."

『제자와 같이 죽이겠어. 콱 죽여버릴 거야.』

사저가 모든 이야기를 다 들었다.

쿠즈류 일문은 멸망할지도 모른다.

역자 후기

안녕하십니까. 근로청년 번역가 이승원입니다.

『용왕이 하는 일!』8권을 구매해 주셔서 진심으로 감사드립니다.

힘든 9월이 드디어 지나갔습니다.

8월에 응급실에 가셨다가 그대로 입원하신 어머니 간병으로 시작해, 어머니 퇴원 후에 제가 쓰러지고, 그다음에 저도 병원에 입원한 데다, 마감도 치면서 추석 차례 준비까지 했습니다. 몸이 힘드니 마음까지 힘들어져서 멘탈이 멀쩡할 때가 없습니다, AHAHA.

더위도 가신 만큼, 10월부터는 제 생활도 좀 풀리기만 빌고 있습니다.^^

그럼 본편에 관한 이야기를 좀 해 볼까 합니다.

스포일러가 포함되어 있을 수도 있으니 본편을 읽지 않으신 분들은 유의해 주시길!

이번 권은 감상전을 장식하던 두 미녀, 츠키요미자카 료와 쿠구이 마치가 메인을 담당했습니다.

매권 마지막에 나타나 각자의 매력을 마음껏 뽐냈던 두 여류기사. 끈끈한 우정으로 맺어져 있던 두 사람이 진검승부를 펼쳐야 하는 상황이 벌어집니다.

그리고 그와 동시에 밝혀지는 여류기사의 현실……. 그리고 그 안에서 고통 받으면서도 앞으로 나아가려 하는 두 미녀의 결의가 스토리를 뜨겁게 만듭니다.

그리고 그 곳곳에 존재하는 단편들은 이번 8권에서 멋진 에센스를 담당하고 있습니다.

용왕 특유의 개그 테이스트와 로리(─_─;;;) 테이스트가 멋지게 잘 그려지고 있다고나 할까요.^^

시리어스와 개그, 그리고 로리(^^)가 절묘한 조화를 이루고 있는 8권을 재미있게 즐겨주시길!

그럼 이만 줄이겠습니다.

재미있는 작품을 맡겨주신 노블엔진 편집부 여러분께 감사드립니다. 앞으로도 잘 부탁드립니다.

사천 음식에 맛 들인 악우여. 요즘 훠궈나 마라전골 같은 걸 먹으러 가자는 소리를 자꾸 하는데…… 먹고 나면 다음 날 너무 힘드니 자제하자. 응?

마지막으로 제게 버팀목이 되어주시는 어머니와, 『용왕이 하는 일!』을 읽어주신 모든 분들께 진심으로 감사드립니다.

초딩 로리와 중딩 로리의 본성(ꑅ)이 드러날 『용왕이 하는 일!』 9권 후기에서 다시 뵙겠습니다!

2018년 9월 말 역자 이승원 올림

용왕이 하는 일! 8

2019년 03월 25일 제1판 인쇄
2019년 04월 01일 제1판 발행

지음 시라토리 시로 | **일러스트** 시라비 | **옮김** 이승원

펴낸이 임광순
제작 디자인팀장 오태철
편집부 황건수 · 신채윤 · 이병건 · 이홍재 · 김호민
디자인팀 한혜빈 · 김태원
국제팀 노석진 · 엄태진

펴낸곳 영상출판미디어(주)
등록번호 제 2002-000003호
주소 21311 인천광역시 부평구 평천로 132 (청천동)
전화 032-505-2973(代) | **FAX** 032-505-2982

ISBN 979-11-319-9773-4
ISBN 979-11-319-5731-8 (세트)

노블엔진(NOVEL ENGINE)은 영상출판미디어(주)의 라이트노벨 및 관련서적 브랜드입니다.

NOVEL ENGINE

시라토리 시로
관련작 리스트

--- ◆ ---

[소설]

용왕이 하는 일! 1~8

· 글 : 시라토리 시로 / 그림 : 시라비 / 감수 : 사이유키

[코믹스]

용왕이 하는 일! 1~6

· 만화 : 코게타 오코게 / 구성 : 카즈키 (원작 :시라토리 시로/캐릭터 원안 : 시라비)

청춘의 상상, 시동을 걸어라!

월드 에너미

1
~불사자 소녀와 불사를 죽이는 왕~

전 세계에 뱀파이어, 구울, 비스트 등 강대ㅎ 괴물들이 만연하는 시대. 인류는 세계의 적○ 12명의 아크 에너미와 전면 충돌을 벌이고 ♡ 었고, 그 명운은 한 남자에게 맡겨졌다.

노아 이스벨트. 사상 최흉의 '세계의 적'. 흩 혈귀 엘자가 길러낸 사상 최강의 에너미 헌ㅌ 인류의 히든카드로서 불사인 세계의 적을 및 하는 '불사를 죽이는 왕'.

이것은 무적의 헌터와 역사상 굴지의 교활함 을 자랑하는 아크 에너미=흡혈귀 젤네처A가 사투를 벌이는 이야기. 어느 마을 교회에서 벌 어진 사건은 이윽고 왕가를 뒤흔드는 소란이 되고, 인간과 불사자의 싸움에 막을 올린다!

세계 최강의 헌터 액션, 등장!

©Kei Sazane 2017
Illustration : Haruaki Fuyuno
KADOKAWA CORPORATION

 사자네 케이 지음 | **후유노 하루아키** 일러스트 | **2019년 4월 출간**
청춘의 상상, 시동을 걸어라!

부활한 사천왕, 영웅에게 복수하러 가는 자와
그에게 끌려가는 소녀의 여정이 시작된다!

사선세계의 추방자

1

산길에 울려 퍼지는 남자의 웃음소리. 남자는
덤벼드는 여왕의 특무기사들을 압도적인 힘으
로 쓸어버리며, 손쉽게 섬멸했다.

남자의 이름은 울즈나. 폭군 《파계왕》 직속
의 사천왕이자, 십 년 전 《파계왕》과 함께 영
웅에게 토벌되었을 남자다.

평화의 시대에 되살아난 그는 자신을 쓰러트
린 영웅에게 복수하고자 여왕으로 즉위한 영
웅이 있는 곳으로 향했다. 그가 부활하는 순간
을 목격한 소녀 시아리에게 안내를 시켰으나,
시아리에겐 잔학무도한 울즈나 이상으로 세계
에서 기피당하는 비밀이 있었는데──!?

파괴와 유린의 이세계 배틀 판타지─!

©Ayumu Mizuno, Akira Caskabe 2014
KADOKAWA CORPORATION

미즈노 아유무 지음 │ **카스카베 아키라** 일러스트 │ **2019년 4월 출간**

청춘의 상상, 시동을 걸어라!

『세계 종언의 세계록』의 사자네 케이가 쓴
세계에서 잊힌 소년이 '진정한 세계를 되찾는' 판타지, 개막!

어째서 내 세계를 아무도 기억하지 못하는가

2

~타천의 날개~

세계는 인류가 5종족 대전에서 패한 역사로 '덮어쓰기' 당했다. 강대한 이종족이 지배하는 지상에서 유일하게 인간이 승리한 역사를 아는 소년 카이는 모든 인류에게 잊힌 존재가 되었음에도 영웅 시드의 검과 무술을 계승하여 '진정한 세계를 되찾겠다'고 결의한다.

마침내 운명의 소녀 린네와 함께 악마의 영웅 바네사를 격파해 인류를 악마족에게서 해방하는 데 성공한 카이는 영광의 기사 잔과 함께 만신족의 영토 이오 연방으로 향한다. 하지만 그곳에서 만신족의 영웅, 주천 알프레이야의 반모를 감지하는데…….

압도적 반향을 일으킨 대작 판타지, 제2탄!

©Kei Sazane 2017
Illustration : neco
KADOKAWA CORPORATION

사자네 케이 지음 | neco 일러스트 | 2019년 4월 출간

청춘의 상상, 시동을 걸어라!